KB083812

명진이의 수학여행

명진이의 ——— 수학여행

권재원 교육소설

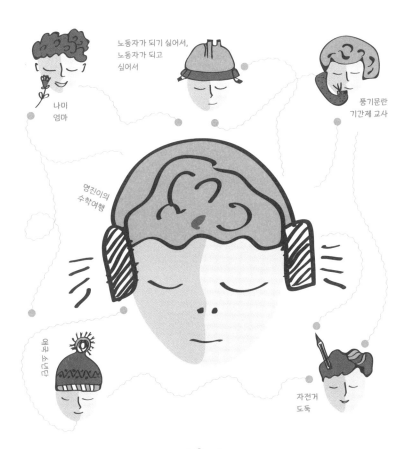

노동자가 되기 싫어서,
노동자가 되고
싶어서

나미
엄마

풍기문란
기간제 교사

명진이의
수학여행

자전거
도둑

서유재

차 례

나 미 엄 마

"매달 은행 이자만 120만 원씩 나가요. 거기에
나미 학원비도 100만 원 넘게 나가고요. 나미하고
나미 동생 교육에 올인하자고, 딱 10년만
고생하자고 대치동 들어왔어요. 애들 챙기려고
직장도 그만뒀는데, 애들 아빠 월급만 가지고
감당하려니까 척추 뼈가 하나하나 빠져나가는 것
같아 너무 힘들어요."

지난 겨울방학에 나미 엄마를 처음 만났다.

뭐? 나미 엄마? 분노와 계몽의 삿대질 소리가 들리는 것 같다. 여성의 정체성과 자주성을 무시하고 가정의 부속품으로 여기는, 정치적으로 올바르지도 못한 데다 낡아빠진 호칭이라는 비난들이 귓속에서 앵앵거린다. 그래도 어쩔 수 없다. 이렇게밖에 부를 수 없는 사정이 있다.

하나, 본인이 스스로 그렇게 소개했다.

둘, 그 밖에는 어떤 신상 정보도 알려 주지 않았다.

나미 엄마뿐 아니라 교직 생활 28년 동안 학부모에게 이름을 물어본 적도 없고, 학부모 스스로 이름을 밝힌 적도 없다. 스스로 자기 이름을 밝힌 학부모는 "저 환주 엄마 노리코라고 합니다"라고 했던 일본인 어머니뿐이었다. 이름을 아는 몇 안 되는 학부모도 이런저런 공문서에 보호자 성명이 필요해서 서류 작성하다 저절로 알게 된 경우가 대부분이다.

게다가 나미 엄마는 학부모도 아니다. 그러니 본인이 "나미 엄마예요" 하고 말했으면 그걸로 끝이지 거기서 뭘 더 물어보고 자시고 할 수도 없었다. 그야말로 잠깐 스쳐 지나가는 만남인데 악착같이 이름을 캐물었다가는 스토커 소리나 들을 가능성이 더 크다.

잠깐 스쳐 지나간 만남이었지만, 그 만남이 준 울림은 무척 컸다. 우선 이 소설을 쓰는 계기가 되었다. 미즈노 가즈오가 그랬던가? 필연성의 세계인 강한 연결의 속박에서 벗어나 우연성의 세계인 약한 연결을 늘리는 삶 속에 창조가 있다고? 나미 엄마야말로 딱 그런 경우였다. 그리고 겨울방학 아침, 동네 스타벅스 계산대 앞에서 그 약한 연결은 시작되었다.

그날따라 어이없게 늦잠을 자고 말았다. 충격적인 아침이었다. 한 시간씩이나 늦잠을 자는 경우는 10년에 하루 있을까 말까 한 일이었다. 하지만 새벽 2시가 되어서야 겨우 잠들었으니 어쩔 수 없었다. 책을 읽거나 글을 쓰다 그런 거라면 억울하지라도 않을 텐데 내가 통제할 수 없는 외부 효과 때문에 자고 싶어도 잠들지 못했다.

잠자리를 방해한 범인은 그 전날 밤, 아니 그날 새벽까지도 엄청난 고음을 질러 대며 싸웠던 옆집의 두 여성이었다. 이 하이퍼 소프라노들의 혈투는 새벽 1시가 넘어서야 끝이 났는데, 나는 잘 수 있는 시간이 4시간 반밖에 남지 않았다는 초조함 때문에 더 잠을 이룰 수 없었다.

시작은 평범했다. 밤 11시가 조금 덜 되었을 때, 그러니까 내가 막 잠자리에 들었을 때, 엄마가 딸에게 늘어놓는 이런저런 잔소리가 들렸다.

자세한 내용은 알아듣기 어려웠지만 말투와 음조를 통해 잔소리라는 것을 짐작할 수 있었다. 그런데 그 딸 성격이 보통이 아니었다. 엄마 잔소리를 하나도 그냥 넘기지 않았다.

처음 15분 정도는 그러려니 했다. 목소리가 좀 크다는 느낌은 들었지만 감정 변화가 심한 10대들이라면 흔히 낼 수 있는 정도였다. 원래 10대들은 목소리 조절이 잘 안 되는 법이니까. 갑자기 빵 터지며 큰소리로 웃는다거나, 느닷없이 큰소리로 짜증을 낸다거나.

"녀석, 목소리 한번 엄청 크네. 그냥 네, 네 하면 되지 뭘 저렇게 따박따박 말대꾸람. 어차피 소용도 없을걸."

그저 투덜거리고 말았다. 저러다 말겠지 하며 잠이 막 들려는 순간 갑자기 아이들이 잘 쓰는 표현대로 하늘을 찢으며 날아가는 익룡 소리가 들렸다.

"내, 가, 뭘! 왜, 그, 러, 는, 데!"

이렇게 한 음절 한 음절씩 끊어 자신이 낼 수 있는 제일 큰 목소리로 악을 썼다. 최선을 다해 소리를 크게 내려고 애쓰고 있는 게 느껴질 정도였다. 그리고 그 노력은 꽤 성공적이었다. 도저히 중학교에 다니는 걸로 추정되는 아이가 내고 있다고는 믿을 수 없는, 엄청난 소리였다.

"아니, 이게 어디서? 야! 너 그따위로 말할래?"

엄마 목소리도 비슷한 비율로 커졌다. 그러더니 딸과 비슷하게 음절을 딱딱 끊어 가며 고함치기 시작했다. 어른이라 그런지 한 음절이 아니라 두 음절 단위로 끊어 가며 소리를 질렀다는 것 정도가 차이라면 차이다.

"내가, 지금, 누구, 땜에, 고생인데? 야아! 너, 정말, 이따위로, 할 거야? 이럴, 거면, 다, 때려, 치우고, 안양, 가!"

"내가 뭘 안 했다고 그래? 안양은 왜 가? 내가 여기 오자고 했어? 엄마가 오자고 했잖아? 그런데 안양을 왜 또 가?"

"그걸 몰라서 물어? 성적 꼬라지를 봐. 자, 봐, 봐!"

"뭘 또 봐? 다 봤다고! 내가 성적표 보지도 않고 엄마 줬겠어?"

"그걸 봤다는 애가, 그래 이 밤에 톡질이나 해? 너 이러는 꼴 보자고 대치동까지 이사 왔어?"

"톡 한 거 아니거든. 페메라고!"

"야, 이 기집애야. 지금 그걸 말이라고 해? 카톡이냐 페메냐가 뭐가 문제야? 공부 안 하고 이렇게 핸드폰으로 수다나 떨고 있는 거, 그게 문제지?"

"학원 갔다 이제 왔어! 친구들하고 잠깐 얘기도 못 해?"

"나 같으면 부끄러워서 친구고 뭐고 꺼 버리겠다."

"아, 진짜! 왜 그러는데?"

"이게 성적이냐? 이게 성적이야?"

"올랐잖아!"

"뭐? 올라? 이게 오른 거야? 너 지금 엄마 놀려? 그래?"

"그럼 이게 떨어진 거야? 엄만, 산수 못해? 숫자 몰라? 등수는 숫자 작아지면 오르는 거 몰라? 봐, 봐, 숫자가 얼마나 작아졌는지."

누가 엄마고 누가 딸인지 목소리로 겨우 구별할 수 있을 정도로, 두 사람의 용어 선택이나 말투가 거의 같았다. 얼핏 들으면 중학생 둘이 싸우는 것처럼 들릴 정도였다.

"나가! 나가라고!"

아이가 나가라고 소리 지르며 엄마를 밀어내는 듯했다. 문을 쾅 하고 닫는 소리가 났다. 문을 어찌나 세게 닫았는지 아파트 벽을 타고 그 진동이 전해지면서 내 방 전등과 창틀이 부르르 떨렸다.

하지만 애석하게도 익룡 방에는 잠금 장치가 없는 모양이었다. 그렇게 힘들여 닫았음에도 이내 문 열리는 소리가 들리더니 엄마의 목소리가 화살처럼 공기를 찢으며 내 방까지 날아왔다.

"너 말이야, 안 되겠어. 이래 가지곤 내 딸이라고 말도 하지 마! 이 성적 말이야, 목표가 15층 올라가는 건데 겨우 지하실에서 1층 올라온 거야. 그런데 그걸 올랐다고 자랑해?"

"내가 언제 자랑했어?"

"자랑이 아니면? 고작 그거 올랐다고 친구한테도 자랑하려고 톡 보낸 거 아냐?"

"친구하고 그런 얘기를 왜 해?"

"그럼, 공부 얘기 아니면 무슨 얘기를 하는데? 너 또 지드래곤인지 뭔지 그런 얘기 했지?"

"BTS거든."

"그게 뭐가 중요해? 넌 어떻게 된 게 생각이란 걸 안 해. 네가 이럴 때야? 이럴 때냐고? 네가 그러고도 사람이냐? 그 점수를 가지고 숨이 쉬어져? 밥이 넘어가? 이 바보 천치야!"

이거야 원, 도무지 엄마가 딸에게 하는 말처럼 들리지 않았다. 내 어머니도 엄하고 무섭고 성적 욕심이 많았지만, 단지 본인 욕심에 차지 않는 성취에 대해서만 이야기할 뿐, 인격 자체를 할퀴는 독살스러운 말까지는 하지 않았다.

"어, 쩌, 라, 구! 애들이 다 잘하는걸, 어, 쩌, 라, 구! 나도 맘대로 안 돼서 속상한데, 엄마까지 왜 그래!"

마침내 아이가 최대 볼륨을 냈다. 아까 그 익룡 소리는 겨우 중간 볼륨에 불과했던 것이다.

"핸드폰 이리 내."

"싫어!"

"이리 내. 어차피 정지시킬 거니까 좋은 말로 할 때 내놔."

"싫다니까!"

"이게 진짜!"

쿵쿵거리는 발소리. 모녀가 핸드폰을 놓고 몸싸움을 하는 모양이다. 벽에 뭔가 세게 부딪치는 소리. 누군가가 내동댕이쳐졌으리라. 아무래도 엄마보단 딸일 가능성이 크겠지.

"핸드폰 줘어어어!"

아, 결국 빼앗겼구나. 요즘 중학생들한테 핸드폰은 거의 제2의 심장인데 그걸 빼앗다니.

"아악, 아아아악!"

아니나 다를까, 딸은 비명을 질렀다. 아무 의미도 담지 않은, 오직 소리의 볼륨에 모든 것을 건. 익룡이 고질라급으로 거대해진 게 아닐까 싶을 정도의 소리였다.

"아니, 애가 동네 창피하게 뭐 하는 거야? 당장 그만두지 못해?"

"아아앙!"

이번에는 어린아이 우는 소리까지 들렸다. 아무리 많이 잡아도 다섯 살은 넘지 않았을 그런 목소리였다.

"아, 그만들 좀 해!"

마침내 남자 소리가 들렸다. 아빠가 있긴 있었던 모양이다. 하지만 "당신은 또 뭐 한 게 있다고 나서?"라는 엄마 익룡 소리에 깨갱 소리 한 번 못하고 사그라들었다.

딸은 여전히 비명을 질렀고, 어린아이는 계속 소리 내어 울었다. 마침내 엄마까지 도저히 무슨 말인지 알아들을 수 없는 괴성을 지르며 울부짖기 시작했다.

더는 견딜 수 없었다. 벌떡 일어나 외투를 걸치고 집 밖으로 뛰쳐나갔다. 선량한 이웃의 인내 범위를 넘어선 일이었다. 이쯤 되면 폭력이다. 안 그래도 층간 소음 때문에 살인도 난다는데, 지금 저 익룡 소리를 측정하면 아마 2백 데시벨은 훌쩍 넘을 것이다.

우선 윗집인지, 옆집인지, 옆의 윗집인지부터 확인하려고 우리 집에 붙어 있는 다른 세대들을 살펴보았다. 범인은 금방 드러났다. 윗집과 옆의 윗집은 불이 다 꺼져 있었고 오직 옆집만 불이 환하게 켜져 있었다. 요란하게 움직이는 두 형상이 커튼을 배경으로 그림자극을 펼치고 있었다. 얼핏 보면 춤을 추는 것 같지만, 익룡들의 몸싸움이라는 걸 이미 소리를 통해 알고 있었다.

일단 범인이 옆집이라는 것을 확인했으니 따지러 갈 차례였다. 그런데 시계를 보니 이미 새벽 1시가 넘어가고 있었다. 새벽 1시가 넘도록 소음을 일으키며 싸우는 것과, 새벽 1시가 넘어간 시간에 소음 일으키지 말라며 찾아가 초인종을 누르는 것 중 어느 것이 더 매너 없는 짓인지 판단하기 어려웠다.

나는 판단하기 어려울 때는 안 하는 쪽을 선택하는 소심한 사람이라 일단 그냥 넘어가기로 했다. 나중에 상식적으로 말이 되는 시간에 조용히 찾아가서 항의해야지.

텔레파시라도 통했는지 집에 들어와 잠자리에 누울 무렵에는 익룡 모녀의 난동도 멈췄다. 신기하다 못해 무서울 정도로 조용했다. 언제 그랬냐는 듯 고요한 새벽의 소리가 우리 집과 옆집을 감싸고 있었다.

이렇게 힘든 여정 끝에 잠들었으니 늦잠을 잘 수밖에 없었다. 늦잠의 결과는 가혹했다. 싫어하는 두 가지, 사람 많은 것과 줄 서는 것을 동시에 맛보고 있었다. 더 최악은 이렇게 줄 서느라 시간을 까먹다 보면 내 지정석은 물론 차선책으로 찍어 놓은 자리까지 다 빼앗길 가능성이 크다는 것이다. 그럼 나는 원하지 않던 불편한 자리에 앉아 이러다 장염 걸리면 어쩌나 하는 불안을 잔뜩 안은 채 아침 식사와 모닝 커피를 해야 하는 처지로 내몰리게 된다.

안 그래도 줄이 길어 마음이 바쁜데 줄어들 기미가 보이지 않았다. 내 뒤로도 줄이 점점 길어져서 이러다간 문밖까지 늘어설 판이었다. 대체 무슨 일이길래 이렇게 줄이 안 빠지나 싶어 고개를 쭈욱 빼서 봤다. 카운터 앞에 선글라스라고 하기에는 색이 옅고, 안경이라고 하기에는 색과 모양이 조금은 얄쌍한 것을 쓴 여자가 꾸물거리고 있는 모습이 보였다.

"아메리카노 톨 사이즈 둘, 캐러멜 마키아토 톨 사이즈 하나, 차이 라테 하나 맞으시죠?"

직원의 카랑카랑한 목소리가 뒤쪽까지 들렸다. 일행이 여럿인 모양이다. 돼지엄마가 물고 온 부정확한 입시 정보나 교환하고 용한 사교육 강사 어디 없는지 숙덕거리는 대치맘들인가.

만약 그렇다면 저 선글라스는 잘 차려입은 모양새로 보아 돼지엄마는 아닐 게다. 대치맘 무리를 이끄는 일종의 족장과 같은 돼지엄마는 구태여 자신을 과시할 필요가 없어서 수수한 차림으로 엄마들 모임에 나온다. 돼지엄마들의 자산은 명품이 아니라 입시 정보다. 수수한 차림새 자체가 대치맘들 앞에 내세우는 위세의 상징이었다.

오히려 다른 대치맘들은 돼지엄마가 소개하는 비싼 사교육을 감당할 여력이 충분히 되니 꼭 이너 서클에 넣어 달라는 사인을 보내느라 명품으로 치장하고 독일차를 몰고 와서 자신을 과시한다. 경제학 시간에 이걸 역선택 시장이라고 했던가, 아니면 개살구 시장이라고 했던가 하여간 그렇다.

"네, 잠깐만요."

선글라스가 계산대 위에 핸드백을 올려놓고 뒤지기 시작했다. 명품 브랜드를 잘 모르는 내 눈에도 무척 비싸 보였다. 누런 금속 장식이 어디서 봤는지 낯익은 모양이었다.

"아, 여기 있네."

선글라스가 꺼낸 건 핸드폰이었다.

"어떻게 계산하시겠습니까?"

"잠깐만요. 음, 캐러멜 마키아토는 먼저 이 쿠폰으로 해 주시고요."

"네, 바코드 터치해 주세요."

선글라스가 핸드폰을 센서에 댔다. 삐 하는 전자음이 들렸다.

"아메리카노 두 잔은 이 적립 쿠폰으로 해 주시고요."

다시 삐 소리.

"차이 라테는 이 기프티콘으로 해 주세요."

또 삐 소리.

그제서야 주문이 끝났다. 저 여자 혼자 무려 6분이나 계산대를 독점했다. 이 정도 시간이면 벌써 책 두 페이지를 읽었고, 글을 쓰기로 작정했으면 원고지 2~3매는 썼을 시간이다. 10매짜리 칼럼으로 20만 원을 받으니 내 돈을 5만 원이나 강탈해 간 셈이다. 확 달려들어 다 합쳐 봐야 2만 원 남짓한 음료 주문하면서 무슨 쿠폰질이냐, 그렇게 아끼면서 비싼 핸드백이랑 모피 코트는 잘도 샀네 하고 쏘아붙이고 싶었다.

그 순간 주문을 마치고 돌아서는 선글라스와 눈이 딱 마주쳤다. 선글라스 아래로 어딘가 부자연스러워 보이는 동그란 쌍꺼풀 눈이 나를 정조준했다. 아무래도 내가 불쾌한 표정으로 노려보는 걸 감지한 모양이었다.

아니나 다를까, 선글라스는 테이블이 아니라 내가 서 있는 쪽을 향해 도도한 걸음걸이로 다가왔다. 부츠 뒷굽 소리가 또각거리다 내 앞에서 딱 멈췄다. 키가 큰 건지 구두 굽이 높은 건지 모르겠지만 어깨 높이가 나보다 높았다. 윤기가 자르르 흐르는 모피 코트가 물결치듯 반짝였다.

"뭘 째려봐, 이 아저씨야!"

이런 앙칼진 목소리를 예상하고, 충분히 기선을 제압하면서도 나의 교양 수준을 의심받지 않을 수 있는 한 줄의 문장을 만들어 보려고 대뇌 피질에 에너지를 집중 투입하고 있었다. 그런데 뜻밖에도 부드럽고 정중한, 심지어 가식적인 가성으로 만들어 낸 하이톤 목소리가 들렸다.

"저어, 혹시 권오석 선생님 아니신가요?"

"아, 네. 맞습니다만."

얼떨결에 대답하고 말았다.

"어머, 안녕하세요."

더 높고 부드러운 목소리가 들리면서 선글라스가 두 손을 맞잡고 허리를 숙이는 모습이 보였다. 이른바 배꼽 인사. 모피 코트의 윤기가 물결쳤고, 비싸 보이는 핸드백이 시계추처럼 흔들렸다.

"아, 예. 안녕하세요."

어쩌겠는가? 나도 허리 숙여 같이 배꼽 인사를 할 수밖에. 이제 내 머리는 대뇌피질이 아니라 부지런히 장기 기억 중추를 뒤졌다. 선글라스를 쓰고 있으니 얼굴이 자세히 보이지 않아 나이를 가늠하기 어려웠다. 더구나 화장법과 성형수술이 발달한 나라라서 실제보다 더 어려 보일 가능성도 컸다. 그렇지만 아무리 적게 잡아도 40대는 넘어 보였다.

내 이름을 알고 있는 것으로 보아 학생 아니면 학부모다. 내가 스물 대여섯 새파란 초임 교사 시절 가르쳤던 학생이 지금 마흔한두 살쯤 먹었을 것이고, 또 그 학교가 대치동에서 멀지 않은 곳인 만큼 가능성이 있다. 학부모는 아닐 것이다. 딱 중학교 학부모 또래로 보이는데, 내가 근무하고 있는 학교는 강남과는 사회적으로나 지리적으로나 거리가 무척 먼 학교니까.

누굴까? 대체?

"어머, 프로필보다 훨씬 더 젊어 보이세요."

이번에는 선글라스가 다소 호들갑스러운 톤으로 말했고, 덕분에 나의 궁금증도 풀렸다. 프로필이라고? 아, 그렇구나. 그놈의 페이스북. 이 무시무시한 SNS의 힘. 당장 페이스북에 들어가서 얼굴이 선명하게 나온 사진들을 다 지우든가 해야겠다는 생각이 들었다. 핸드폰을 꺼내 페이스북을 열어 볼까 말까 망설이고 있는데, 선글라스가 웃는 입 모양을 만들며 아까보다 더 간드러진 팔세토 발성으로 나의 어리석은 행동을 막았다.

"저희 아이가 선생님 책을 너무 좋아한답니다."

아하, 그러니까 내가 단지 페친 아무개 정도보다는 좀 더 의미 있는 사람이라는 말이었다. 나쁘지 않았다. 아니, 기분이 좋았다. 가족과 직장 동료 이외의 불특정 다수에게 의미 있는 사람으로 자리잡는 것은 사회적 존재인 사람으로 태어나서 추구해야 할 궁극적인 목표가 아니겠는가? 그래서 공자도 '효'의 마지막을 이름을 널리 떨치는 것이라 하지 않았는가? 이렇게 내가 쓴 책을 전혀 모르는 사람들이 읽고 좋아한다면 내 인생도 충분히 성공했다고 할 수 있으리라.

이렇게 우쭐거리는 마음이 일어나려는 찰나, 사람은 안면 근육의 무의식적이고 미묘한 반응을 통해 감정을 드러내고, 그 표정을 통해 다른 사람의 감정을 읽는 능력이 뛰어나다는 신경과학 책 내용이 떠올랐다. 혹시 내 얼굴 근육이 그런 유치한 우쭐댐을 조금이라도 만들었다면, 그래서 저 선글라스가 그 표정을 읽었다면 어쩌나 하는 생각에 이내 겸손한 마음을 되찾으려 안면 근육을 경직시켰다.

조심스럽게 저 선글라스 아래 어렴풋이 윤곽만 보이는 쌍꺼풀 진 눈을 읽어 보려 애썼다. 알아챘을까? 못 알아챘을까? 아니면 알아채고 모른 척하는 걸까? 그러다 그만 모든 감정의 블랙홀이자 무저갱인 불안감에 사로잡히고 말았다. 때마침 스타벅스 직원이 나를 무저갱에서 건져 주었다.

"다음 손님, 주문 도와드리겠습니다."

어느새 줄이 쭉쭉 빠져서 내 차례까지 온 것이다. 아, 그 피곤에 젖은 무성의한 인사가 얼마나 반갑던지. 그리고 평소에는 짜증스럽기까지 했던 커피의 종류, 온도, 사이즈, 테이크아웃 여부, 포인트 카드의 보유 여부 등을 미주알고주알 물어보는 스타벅스의 고객 응대 프로토콜마 저 고맙게 느껴졌다.

그런데, 이게 웬일인가? 주문을 마치고 돌아서는데 선글라스가 기다 리고 있었다. 뭐지, 이 여자. 별별 생각이 다 들었다. 스티븐 킹의 무시 무시한 소설 『미저리』까지 떠올랐다. 영광을 탐하는 작가의 속물근성 에 내려진 가장 준엄한 심판이 바로 광팬이라는 공포 아니겠는가?

"저, 실례가 되지 않는다면 사인 좀 부탁드려도 될까요? 아이가 좋아 할 텐데."

다행히 선글라스의 입에서 나온 말은 작가가 가장 듣기 좋아하는 교 과서적인 요구였고, 손에는 도끼가 아니라 내 책이 쥐어져 있었다.

"물론입니다."

이미 학원 강사들로 가득 차 시끌벅적해진 가운데 그나마 남아 있는 쓸 만한 자리에 가방을 올려놓고 만년필을 찾았다. 뚜껑을 여니 잉크가 굳어서 잘 나오지 않았다. 흔들고 비벼서 잉크가 다시 나오게는 했지 만, 그러다 손가락 끝에 시커먼 얼룩을 묻히고 말았다. 냅킨으로 얼른 문질렀지만 지워지기는커녕 문지르는 대로 번져서 집게손가락 전체가 시커멓게 물들어 버렸다.

하지만 선글라스는 조심스럽게 책을 내밀었다. 내 책들 중 그나마 나름 스테디셀러라 할 수 있는 『10대들의 경제학』이었다.

"자녀분 이름이 어떻게 되죠?"

"나미요. 김나미. 그냥 나미라고 해 주세요."

"알겠습니다."

조심스럽게 책 속표지에 펜촉을 대고, 오랜만에 느끼는 손글씨의 촉감을 즐기며 일필휘지 휘갈겨 썼다.

나미 학생에게.

합리적 선택과 따뜻한 마음을 가진 경제 생활을 하세요.

2019년 1월 27일.

권오석.

정말 저렇게 썼는지는 사실 기억나지 않는다. 그냥 이런 종류의 문장이었을 것이다. 어차피 사람의 기억은 믿을 만하지 않은 것들이니까. 다만 나미 엄마가 거의 팔짝팔짝 뛰면서 좋아했던 건 기억에 생생하다.

"와, 고맙습니다. 나미가 정말 좋아할 거예요. 아유, 참 아깝네요. 저도 선생님 팬이거든요. 『안녕하십니까, 학교입니다』라는 책 정말 감명 깊게 읽었어요. 그 책 가지고 왔으면 저도 사인 받을 수 있었는데."

"그러게요. 어쨌든 고맙습니다. 그런데 그 책이 어디가 그렇게 좋으셨나요?"

"다 좋았어요. 밑줄을 하도 많이 그어서 그만 책이 너덜너덜해져 읽을 수 없게 되어 버렸다니까요. 그래서 소장용으로 한 권 더 샀어요. 호

호호."

"아이고, 정말 고맙습니다."

"혹시 선생님도 이 동네 사세요? 아, 맞다. 책에 나오죠? 저도 이 동네 살아요. 어머, 내 정신 좀 봐. 선생님 글 쓰셔야 하는데 시간 너무 많이 뺏었죠? 고맙습니다. 한동네 사니까 또 만나 뵐 날이 있겠죠? 다음엔 제 책에도 사인 부탁드려요."

한바탕 호들갑을 떤 나미 엄마는 마치 오랜 친구나 되는 듯 자연스럽게 팔짱을 끼고 셀카까지 한 장 찍은 다음 음료가 든 캐리어를 들고 연기처럼 사라져 버렸다.

이게 사건의 전말이다. 이러니 나미 엄마라고 부를 수밖에. 그래도 그게 선글라스라는 물신 숭배적 호칭보다야 훨씬 낫지 않은가?

뜻밖의 애독자를 만나서 사기가 올라간 덕분일까? 비록 내가 원하는 자리에 앉지는 못했지만 그날따라 글이 아주 잘 써졌다. 앉은자리에서 칼럼 두 개를 털어내는 기염을 토하고, 덤으로 단편소설도 하나 썼다. 이렇게 컨디션 좋은 날을 그냥 보내기 아까워서 계속 작업을 이어 가다 보니 8시간을 한자리에 앉아서 맥북 자판을 두드리고 있었다. 양재천 둑길을 2시간 정도 산책하고 나니 그제서야 의자 모양으로 접혔던 몸이 펴졌다.

아내가 유학 간 딸 보러 런던에 가 있어 햄버거로 저녁을 때우고 집에 들어오니 저녁 8시쯤 되었고, 몸과 마음이 온통 휴식을 요구하며 몸부림을 쳤다. 안 그래도 다음 날 부산에서 강의가 있어, 새벽 6시에 출발

하는 고속버스를 타야 해서 일찍 잠자리에 들었다. 눕자마자 잠이 들었나 싶었는데, 얼마 지나지 않아 다시 눈이 떠지고 말았다. 익룡의 귀환이다. 어미 익룡, 새끼 익룡, 그리고 아기 익룡까지.

전날과 마찬가지로 사춘기 새끼 익룡은 대화를 포기하고 소리만 질러 댔다. 압권은 어미 익룡이 큰 소리로 우는 것. 무슨 말인지 전혀 알아들을 수 없는 히스테리 가득한 소리를 지르며 울부짖었는데, 들리기엔 무슨 신세 한탄 같았다. 대출이 어쩌구 이자가 어쩌구 하는 말도 잠깐 들리는 것으로 보아, 대치맘이 되기 위해 꽤 많은 빚을 진 모양이었다. 거기에 학원비까지 감당하려면 허리가 휠 지경일 것이다.

시계를 보니 밤 11시 반. 겨우 3시간 반 잤다. 이래서야 부산까지 왕복하며 강의할 컨디션이 나오지 않는다. 이젠 50대 아닌가?

이럴 때 짜증 앞에 붙이는 부사가 바로 왈칵이리라. 벌떡 일어나 외투를 걸쳤다. 아직 자정이 넘지 않았으니 가서 신경질적으로 초인종을 눌러도 아주 큰 실례는 아닐 거라는 정당성도 확보했다. 밖에 나와 보니 오른쪽과 왼쪽 서로 다른 신발을 신고 있었지만 무시하기로 했다. 다시 들어가 신발을 고쳐 신으면 전의가 떨어질 것 아닌가?

그 상태 그대로 208호를 향해 돌격했다. 여전히 익룡 소리가 208호 현관문을 뚫고 나오고 있었다.

초인종을 세 번 눌렀다. 첫 번째에는 이보세요, 두 번째에는 얘기 좀 합시다, 세 번째에는 좀 정도껏 해야지의 의미를 담았다.

익룡들의 소리가 갑자기 잠잠해지더니 타박타박 슬리퍼 끄는 소리가 점점 가까워졌다.

"누구세요?"

아까까지 어미 익룡이었다는 것을 도저히 믿을 수 없게 만드는 완벽하게 변조된 음성이 들려왔다.

"옆집입니다."

일단 단호하지만 점잖게 시작했다.

"어머, 옆집."

당황하는 기색이 역력했다. 옆집이라는 말만으로 바로 사태를 파악한 것으로 보아 익룡치고는 머리 회전이 제법 잘되는 모양이다.

곧 문이 열리는 전자 음향 소리가 났다. 마침내 어미 익룡이 모습을 드러내는 순간이다. 하지만 문을 열자마자 허리를 숙였기 때문에 미처 얼굴을 보지 못했다.

"죄송합니다. 정말 죄송합니다. 애 때문에 너무 속상해서 그만 큰 실례를 했네요."

상당히 교양 있는, 적어도 있어 보이려고 노력하는 말투로 어미 익룡이 계속 고개를 조아렸다. 상대가 이렇게 정중하게 나오면 전의를 상실하는 타입인지라 그만 마음이 누그러지고 말았다.

"어제도 그렇고, 자꾸 이러시면 곤란합니다. 자녀분 때문에 힘드신 건 이해합니다만, 시간은 좀 가려 가면서 지도하셨으면 합니다."

"네, 네. 죄송합니다. 어머나!"

계속 고개를 조아리던 어미 익룡이 갑자기 깜짝 놀라는 소리를 냈고, 그 소리에 나도 놀랐다.

"권오석 선생님!"

"네? 저를 아시나요?"

누군데 나를 아는 건지 궁금해서 어미 익룡에게 눈을 맞췄다. 누구지? 어딘가 낯이 익은 것 같기도 했다. 하지만 상황이 상황인 만큼 내가 잘 알아보지 못하더라도 굳이 자기를 소개하고 싶지 않은 기색이라 더 물어보지 않고 인사만 하고 물러났다. 아는 사이라면 이런 상황이 부끄럽고 민망할 테니 배려해 주는 게 옳다.

밖에 나와 한결 평화로워진 밤의 공기를 호흡하니 그제서야 단기 기억 중추가 정상적으로 가동되면서 그 얼굴의 주인이 떠올랐다.

이런, 나미 엄마!

맨 얼굴에 선글라스까지 안 쓰고 있어 못 알아봤지만 그 몸집과 말투, 그리고 눈매 등 영락없는 나미 엄마였다. 그러니까 저 사춘기 익룡이 내가 책에 사인까지 해서 준 나미, 그리고 등수가 마음에 안 든다며 아이 핸드폰을 빼앗으려 몸싸움을 벌인 저 어미 익룡이 내 책을 너덜너덜해질 때까지 읽었다는 그 애독자였단 뜻이다.

작가로서 힘이 쑥 빠질 때가 바로 이럴 때다. 자신의 글이 사람을 변화시키는 데 하나도 기여하지 못했다는 냉엄한 현실을 마주할 때. 내가 쓴 책들을 일관하는 주제가 바로 저렇게 살지 말라는 건데, 도대체 저들은 내 책의 어디를 읽었단 말인가.

나미네는 조용해졌지만, 이미 잠자기는 틀렸다. 이루 말할 수 없는 참

담함에 안면과 어깨가 뻣뻣했다. 그렇게 깬 것도 잠든 것도 아닌 상태에서 핸드폰의 알람이 울렸고, 비실비실 일어나 부산행 고속버스에 몸을 던졌다.

그나마 버스 안에서 두어 시간 눈을 붙여 꾸역꾸역 강의는 해낼 수 있었지만 숙박비를 아끼겠다고 심야 고속버스를 타고 무박 상경을 감행한 것이 무리였다. 결국 집에서 나간 지 딱 스무 시간 만인 새벽 5시에 돌아오니, 마치 밤새도록 술 마시다 들어온 것처럼 다리가 후들거렸다. 일단 잠자리에 들었지만 피곤은 피곤대로 몰려오는데, 잠은 절대 들지 않는 무력한 상태만 계속되었다.

그렇게 뒤척이다 결국 몸부림치며 일어나니 아침 7시. 할 수 없이 다시 가방을 싸서 스타벅스로 향했다. 차라리 글 쓰다 꾸벅꾸벅 조는 게 나을 것 같았다. 오전 내내 손가락이 아프다고 느껴질 때까지 키보드를 두드리다 밖으로 나와 어슬렁거렸다. 살짝 허기가 느껴져 상가 지하로 내려갔다. 중고 명품을 새것처럼 고쳐 주는 수선 가게, 저렴한 찬거리를 파는 반찬 가게, 그리고 만두, 김밥, 순댓국 따위로 한 끼 저렴하게 때울 수 있는 간이 식당 같은 서민적인 가게들이 지하에 옹기종기 숨어 있다. 건물의 지상 부분에 아무리 으리으리 번쩍이는 가게들이 들어서 있다 해도 그 지하 풍경은 전혀 다르다는 것, 이게 진짜 강남 스타일이다.

수면 위에 드러난 백조의 우아한 몸통과 수면 아래에서 쉴 새 없이 움직이는 물갈퀴 같다고나 할까. 밖에서 보는 강남 사람들, 그리고 보이지 않는 곳에서 쥐어짜며 살아가는 강남 사람들.

나도 그렇게 검소한 편은 아니지만, 강남 남자들의 주요 과시용 아이템인 가방, 구두, 시계, 자동차 따위에 관심이 없었기 때문에 굳이 지하상가를 찾아 백조 물갈퀴질을 해 가며 밥을 먹어야 하는 처지는 아니었다. 그래도 그저 출출함 정도를 달래고 싶을 때 이 물갈퀴의 세계를 찾아가곤 했다. 특히 내가 좋아하는 ○○빌딩 지하는 어디 시골 읍내 장터에서나 볼 수 있을 듯한 세계가 펼쳐지면서 쏠쏠한 주전부리 장소 노릇을 하고 있었다.

자주 가는 가게에는 이미 손님이 제법 있었다. 그런데 그중 한 사람이 눈에 확 들어왔다. 제법 근사한 모피 코트를 낡은 의자 등받이 위에 걸쳐 두고, 의자에는 명품 핸드백을 올려놓은 여성이 허름하다 못해 꼬질꼬질한 가게와 기묘한 대비를 이루고 있었다.

콩소메나 라타투이를 오물거려야 어울릴 것 같은 모습이었지만, 정작 앞에 펼쳐 놓은 것은 떡볶이와 순댓국. 물론 부잣집 사모님이라고 이런 서민적인 음식을 즐기지 말라는 법은 없다. 그러나 순댓국을 후루룩후루룩 급하게 말아 넣는 모습을 보니 즐기고 있는 것 같지는 않았고, 급히 한 끼 식사를 때우는 걸로 보였다.

그런데 사모님 낯이 익었다. 이번에는 알아보는 데 그리 긴 시간이 걸리지 않았다. 풀 메이크업을 하고 있어 잠시 알아보지 못했지만 틀림없는 나미 엄마였다. 하루가 지나기도 전에 두 번이나 만났지만 한 번은 선글라스를 끼고 있었고, 다른 한 번은 딸과 육탄전을 벌이다 나온 민낯이라 쉽게 매치되지는 않았다. 그러나 교직 경력 28년의 대가로 얻은 나의 비상한 안면 식별 능력을 벗어날 수는 없었다.

난감했다. 이럴 때 알은척을 하는 게 매너일까? 아니면 모르는 척하고 지나가는 게 매너일까? 그 어느 경우도 신사답다는 말을 들을 것 같지 않았다. 결국 아무 행동도 하지 못하고, 논리 모순으로 무한 루프에 빠졌다가 회로가 불타 버린 인공지능처럼 그 자리에 굳어 있을 수밖에 없었다.

"아따, 슨상님. 오랜만이어라!"

가게 주인 아주머니가 용감무쌍하게 이 어색한 경직을 풀어버렸다.

아니나 다를까, 나미 엄마는 대치맘답게 '슨상님'이라는 말에 무의식적으로 고개를 돌렸다. 어쩔 수 없이 인사할 수밖에.

"안녕하세요. 이거, 참. 또 뵙네요."

"네, 그러네요. 저희 때문에 많이 힘드셨죠?"

나미 엄마가 숟가락을 내려놓고 일어나 최소한 32도 이상 허리를 연거푸 굽히며 말했다.

"정말 죄송합니다. 앞으로 꼭 주의하겠습니다. 쥐구멍이라도 찾고 싶네요."

"괜찮습니다. 식사하세요."

"저어, 실례가 안 된다면 제가."

뒷말은 들어보나 마나였다. 나는 펄쩍 뛰며 손을 내저었다.

"아이고, 아닙니다. 저 돈 많습니다."

그리고 롬멜이 감탄할 정도의 속도로 전격전을 감행했다.

"사장님! 여기 왕만두 4개 주시고, 저기 순댓국이랑 떡볶이랑 다 해서 계산해 주세요."

"아따, 슨상님 매너도 좋으시네."

식당 아주머니가 싱글벙글 웃으며 창공을 가르는 매처럼 내 손에 있는 2만 원을 쓱 낚아챘다.

"어머, 제가."

"늦은 밤에 찾아가서 폐를 끼친 것 같아 그러는 거니까 부담 갖지 마세요."

말은 이렇게 했지만, 막상 말이 나가는 순간 즉시 후회가 밀려왔다. 이런 말 듣고 부담 안 가질 철면피가 얼마나 있을까?

"여그 만두하고 거스름돈 5천 원."

분명 4개를 주문했는데, 눈 앞에 6개의 만두가 피라미드 모양으로 쌓여 있었다.

그렇게 만두까지 잔뜩 먹고 집에 돌아오니 그제야 졸음이 쏟아졌다. 원래 낮잠을 자지 않는 습성을 가지고 있지만, 이런 날은 예외다. 소파에 드러누워 달콤한 오수의 세계에 빠져들었다. 하지만 오래가지 못했다. 맙소사, 또 익룡이다.

"야, 야, 야! 똑바로 안 해!"

"싫어! 싫다고! 싫어!"

그런데 거의 짐승처럼 울부짖는 아이의 목소리가 좀 달랐다. 자세히

들어보니 여자아이가 아니라 아직 변성기가 되지 않은 남자아이 목소리였다. 이번에는 나미 동생? 아니다. 나미 동생은 늦둥이인데, 지금 저 수컷 익룡은 초등학교 5학년이나 6학년 같다.

그렇다면 이번에는 또 어디람? 윗집? 아랫집? 대각선으로 위아랫집? 좀 더 자세히 귀를 기울여 보니 아래층에서 올라오는 소리였다. 아니, 위치는 전혀 중요하지 않았다. 이번 익룡은 명색이 수컷이랍시고 목소리가 나미보다 훨씬 우렁찼다는 것이 사태의 핵심이다. 이게 무슨 횡액인가 싶었다. 야간조 나미네를 잠잠하게 만들었더니 주간조가 등장한 것이다. 이런 식이면 아침조가 나오지 말란 법도 없다.

"야, 김정훈! 당장 무릎 꿇어!"

카랑카랑한 어미의 목소리가 확실한 식별 기호를 제공해 주었다. 이번에는 정훈이네. 어미 익룡의 목소리도 나미 엄마와는 상당히 결이 달랐다. 나미 엄마가 본인의 고통에 몸부림치는 비명 소리를 낸다면, 정훈 엄마는 상대를 위압하기 위한 호통 소리였다. 딸 엄마와 아들 엄마가 이렇게 다른 걸까? 별 황당한 생각이 다 떠올랐다.

"잘못했어요. 엉엉."

호통의 효과는 매우 즉각적이었다. 방금 전까지만 해도 역발산기개세로 대들던 정훈이가 저렇게 한 방에 엉엉 울 정도로 굴복할 줄이야. 문제는 정말 똑같은 볼륨, 똑같은 톤으로 끝없이 울어 댄다는 것.

"뚝! 누가 그렇게 쩔쩔매래? 남자가 그게 뭐야!"

"흑흑."

"그러니까 처음부터 제대로 했어야지!"

다시 알아들을 수 없는 속도의 말 펀치가 쏟아지며 대치동의 낮은 저물고 저녁이 됐다. 이제 정훈이네는 휴식에 들어가고, 약간의 인터미션을 거친 뒤 밤이 깊으면 나미네가 바통 터치를 하고 나를 괴롭히겠지. 그냥 너그러운 마음으로 이해하는 수밖에. 다 불쌍한 사람들 아닌가?

"매달 은행 이자만 120만 원씩 나가요. 거기에 나미 학원비도 100만 원 넘게 나가고요. 나미하고 나미 동생 교육에 올인하자고, 딱 10년만 고생하자고 대치동 들어왔어요. 애들 챙기려고 직장도 그만뒀는데, 애들 아빠 월급만 가지고 감당하려니까 척추 뼈가 하나하나 빠져나가는 것 같아 너무 힘들어요."

순댓국과 떡볶이를 앞에 두고 누가 물어보지도 않았는데, 나미 엄마가 나한테 하는 말인지, 혼잣말인지, 아니면 하느님한테 하는 말인지 모르게 중얼거리던 게 떠올랐다.

그렇게 힘들다면서 그 코트와 백은 뭐냐고 물어보고 싶은 충동을 억누르고 있는데, 벌써 표정을 읽었는지 나미 엄마가 이어 말했다.

"학부모들한테, 학원 사람들한테 얕잡아 보이지 않으려면 또 돈이 들고요. 밥값을 줄이는 수밖에 없어요."

얕잡아 보이지 않기. 돼지엄마가 주도하는 시장이 개살구 시장이란 건 익히 알고 있었다. 그러니 딱히 칭찬도 비난도 할 일은 아니다. 그렇게 넘어가고 다시 만두에 집중하려는데 나미 엄마의 기습을 받았다.

"선생님은 여기 아파트 오너라고 하셨죠?"

아무리 책 써서 좀 나간다고 하지만 교사 나부랭이 월급에 20억이 넘는 아파트를 가지고 있는 게 어떻게 가능하냐는 메시지가 숨어 있다는 것이 노골적으로 느껴졌다.

"원래 어릴 때 살던 집이라서……."

이렇게 얼버무릴 수밖에 없었다. 자격지심 때문인지 모르겠지만 마치 나미 엄마가 이렇게 말하는 것처럼 들렸다.

"우리는 그래도 아등바등 열심히 일하고 쥐어짜서 여기로 왔어요. 선생님은 부모 잘 만나서 물려받은 재산으로 고상하게 살고 계시죠. 따님도 음악 시키고, 유학도 보내고. 그러면서 너무 경쟁하지 마라, 학벌은 중요하지 않다, 사교육의 불안 마케팅에 넘어가지 마라 하면서 우리를 비난할 수 있나요? 불안해하지 말라고 말씀만 하지 마시고, 불안의 원인을 제거해 주셔야 하는 게 아닌가요?"

　강남구 대치동. 별생각 없이 살아온 곳. 사실상의 고향. 하지만 내가 이 터전을 계속 지키고 살 수 있을까 두려워졌다. 이곳은 이제 더 이상 정주민의 땅이 아니다. 이곳은 이제 디아스포라의 현장이다. 이미 주민들의 대부분은 고향에서 추방당한 사람들이다. 절박함에 밀려, 불안에 밀려, 혹은 자신의 욕망에 밀려 추방당했다. 그렇게 고향을 떠나 엄청난 돈을 들이고 이곳까지 와서 앞이 보이지 않는 망명 생활을 하고 있다. 용이 되어 이곳을 떠나고 싶어 하지만 결국 그들을 기다리고 있는 운명은 익룡이 되는 것이다.

　문득 사우나에서 70대 중반쯤 되어 보이는 노인들이 주고받던 대화가 생각났다. 단어는 서울말, 억양만 살짝 경상도인 강남 사투리를 구사하는 노인들이었다.

"요즘 강남이 어디 강남이라?"

"그러게 말이다. 어디서 근본도 없는 것들이 들어와서는 말이다. 행동거지 하고는 꼭 거지 같은 것들이."

"우리가 나가야지 뭐 별수 있나?"

"용인, 수지가 좋다더라. 거기로 가고 여긴 그냥 세나 놓아야지."

대화를 마친 노인들은 마치 공룡 같은 걸음으로 어슬렁어슬렁 욕장으로 들어갔다.

익룡들은 알고 있을까? 저 늙은 공룡들이 자신들을 바라보는 천박한 시선을? 그리고 결국 자신들의 그 불안에 가득한 디아스포라가 저 공룡들을 먹여 살릴 뿐이라는 것을?

익룡도 싫고 공룡도 싫다. 그럼 내가 떠나는 수밖에 없을까? 나는 어디로 가서 디아스포라의 삶을 살아야 한단 말인가?

풍 기 문 란

기 간 제 교 사

"이보세요. 교감 선생님이면 좀 교감 선생님답게 솔직하게 말하세요. 우리 오석이는 어디 내놔도 안 빠지는 앱니다. 그 학교 선생 하기엔 아까운 앤데, 그래 겨우 두 달짜리 임시 교사 하나 가지고 뭐 이러쿵저러쿵 말이 많아요. 다른 생각 있잖아요? 그걸 말해 보라고요."

그러자 교감이 또 뭐라고 구시렁거리는 소리가 전화기에서 새어 나왔다.

"이러지 말고, 까놓고 말합시다. 얼마면 되겠어요? 숫자를 말해 보세요."

"아, 저리 좀 가. 아니면 청소라도 하든가."

끝내 어머니 목소리가 〈전원교향곡〉 4악장 식으로 울려퍼졌다.

어릴 때부터 어머니의 훈육은 엄하다 못해 무자비했고, 거기에 완전히 길든 나는 성인이 된 다음에도 어머니가 내지르는 소리가 귀청을 때리면 즉시 공격-도주 태세에 돌입하곤 했다.

하지만 명색이 20대 중반의 다 큰 아들인데, 어머니가 뭐라 한다고 무작정 '네' 하고 숙이고만 살 수는 없는 노릇. 소용없는 줄 알지만, 그래도 미약하게나마 반항을 시도했다.

"내 방 청소는 내가 알아서 할 거니까 그냥 두세요."

"무슨 바보 같은 소리야? 누가 너더러 청소하라 그랬어?"

"아니, 청소하라면서요?"

물론 나도 어머니가 말하려는 진짜 주제가 청소가 아니라는 것 정도는 잘 알고 있다. 하지만 굳이 드러내 말하지 않는데 그 속내까지 읽어 줄 필요 있나? 더구나 나는 어떤 경우든 상대가 하는 말을 있는 그대로 이해하는 편이라 청소 이야기를 했으니 청소로 들었을 뿐이다.

결국 성질 급한 어머니가 참지 못하고 속내를 드러냈다.

"대학도 졸업하고, 스물다섯이나 먹은 놈이 남들 다 일하러 나갈 시 간에 방구석에 처박혀서 지금 이게 뭐 하는 짓이고? 어디 회사 취직이 라도 해야 할 거 아이라? 그래 턱 퍼져 있으면 하늘에서 일자리가 날아 내려오나?"

"회사는 절대 안 가요. 평생 일해 봐야 결국 남의 돈 벌어 주는 거. 그 런 보람 없는 일은 못해요."

"그럼 기자질이라도 계속하지, 그건 또 왜 확 때리치우고 그랬나?"

"가짜 기사를 쓰라잖아요! 아니, 기자가 어떻게 아닌 걸 그렇다, 그 런 걸 아니다, 이렇게 써요?"

"아이고, 이 망할 놈아. 니는 왜 남들 하는 대로 안 하고 세상을 그래 삐딱하게만 보고 사노?"

어머니의 말투에서 표준어 어휘에 경상도 억양만 살짝 섞인 '강남 어' 흔적이 사라지고 있었다. 더는 깊은 분노를 감추기 어렵다는 위험 신호다. 더 이상의 저항을 포기하고 말문을 닫았다.

어머니도 말없이 방바닥을 문질러 댔다. 걸레질 소리가 뽀드득거리 며 공간을 채웠다. 걸레질의 압력이 점점 더 세졌다. 얼룩이 아니라 장 판을 다 갈아 없앨 기세였다.

손걸레를 보니 마음이 약해졌다. 도대체 1990년대에 손걸레가 뭐냔 말이다. 하지만 어머니는 그런 분이었다. 그 흔한 청소기 하나 안 사고 빗자루와 손걸레만으로 50평이나 되는 아파트를 날마다 청소했다.

"손발 멀쩡하겠다, 20년 넘게 이렇게 잘해 왔는데, 청소한다고 무슨 기계를 돈 주고 다 사노?"

청소하느라 허리와 무릎이 아프다고 '아이고'를 입에 달고 사는 어머니를 보다 못한 가족들이 청소기 하나 사자고 했지만 이렇게 일축해 버릴 정도로 어머니는 지독한 구두쇠였다.

그러고 보니 가족 중 누구도 내가 그 청소 좀 나눠서 하겠다는 말은 하지 않았다. 자본주의 시대의 가족애는 또 다른 소비를 권장할 뿐, 일의 무게를 같이 짊어지는 쪽으로는 잘 뻗어 가지 않는다.

청소기 하나 사지 않는 어머니에게 자가용은 더더욱 말도 안 되는 사치였다. 아버지가 명색이 한국 최대 금융회사의 임원이었지만 차 한 대가 없어—면허증 있는 사람도 없었다—온 식구가 뚜벅이 생활을 했다. 언젠가 차량용품 방문 판매 사원이 우리 집은 차가 없다는 말에 "그 냥 안 산다고 하세요. 왜 사람을 놀립니까? 이런 집에 차가 없다니 그게 말이 됩니까?"라며 펄펄 뛰다 가기도 했다.

어머니는 그렇게 지독하게 아낀 돈을 오직 자식 교육에만 썼다. 아니, 그것도 어폐가 있는 것이, 사교육이 금지되었던 시절이라 딱히 더 쓸 일도 없었다. 그러니 장차 미국이나 유럽으로 유학 갈 때를 대비해 계속 쌓아 두었다.

그런 어머니 앞에서 한때는 자신의 모든 희생과 투자의 결실이며 보람이나 다름없었던 서울대 출신 아들이 방바닥이나 긁고 있다. 졸업한 지 벌써 8개월이나 지났는데도 말이다. 어디 번듯한 회사를 다니는 것도 아니고, 기껏 들어간 남들 다 부러워 할 직장인 언론사는 들어간 지 두 달 만에 제 발로 기어 나왔다.

일단 대학원을 다니고 있기는 했지만, 그거야 돈을 쓰는 자리지 버는 자리는 아니지 않은가? 게다가 일찌감치 외국 유학 같은 건 안 가겠다고 공언까지 했다. 차라리 확 군대라도 보내 버리고 싶었겠지만 이를 어쩌나, 신체검사에서 면제 판정을 받고 말았다.

물론 나도 그러고 싶지는 않았다. 세상에 방바닥 긁으면서 뒹굴고 싶은 청년이 어디 있나? 다 시절이 어긋나면 그렇게 되는 거다. 나도 내 꼴이 이렇게 될 줄 몰랐다. 내가 긁어 대는 방바닥은 그저 80년대라는 시대의 부산물일 뿐이었다.

나의 80년대는 1987년 박종철 열사의 사망 소식과 함께 시작했다. 덕분에 입학식 날부터 최루탄을 맞았고, 첫 학기 기말고사를 거대한 현장학습으로 마무리했다. 다름 아닌 6월 혁명. 그런 시대에 대학을 다녔으니 전공서적보다는 왼쪽으로 많이 치우친 사회과학, 인문학 서적을 탐독했다. 그러다 좌파 지하 조직의 넘버3까지 되었다.

내가 주로 했던 일은 구로공단이나 성수공단을 오가며 노동조합 활동가들과 자본주의 세상을 뒤집어 버릴 각종 계획을 수도 없이 세우고 지웠다 하는 것이었다. 머릿속으로는 간단했다. 천만 노동자와 천만 농

민, 그리고 백만 학도가 총단결하면 벌써 인구의 절반이니 기껏 한 줌도 안 되는 독점 자본가들을 확 잡아 조지고 모두가 평등한 세상을 만들어 행복하게 살 수 있다. 나만 그렇게 생각한 게 아니었다. 조직의 동료들이 다 그렇게 생각했고, 같이 주먹을 불끈 쥐고 막걸리잔을 부딪쳤다.

하지만 졸업이 다가오자 슬슬 나의 혁명가 코스프레가 궁지에 빠졌다. 저 불끈 쥐었던 손을 가지고 취직을 하자니 양심에 걸렸다. 자본가에게 "열심히 일해서 잉여가치를 만들어 줄 테니 나를 고용해 주세요" 하고 청하는 지원서 따위를 써서 보낼 수는 없었다. 그러니 금융회사나 대기업 입사는 일단 선택지에서 제외되었다.

외국 유학도 안 가겠다고 단언했다. 어떻게 이 땅의 민중을 버려두고 제국주의 국가에 가서 나의 일신상의 영달만을 꾀하겠는가? 그건 안 될 일이었다.

그렇다고 프롤레타리아 혁명을 위해 뼈가 가루가 되도록 헌신할 것인가 하면, 그 역시 아니었다. 출신 성분부터 혁명가가 되기에는 영 글러먹었다. 초등학교부터 고등학교까지 모조리 송파구와 강남구에서 다니고, 대학과 대학원은 서울대를 다니고, 아버지는 금융회사 임원, 어머니는 지방 토호의 딸, 주민등록 등본에 강남 3구 이외의 지역은 찍히지도 않는 주제에 무슨 프롤레타리아 혁명이며 노동해방인가? 혁명은커녕 혁명 일어나면 제일 먼저 맞아 죽기 딱 좋은 스펙이다. 나는 주제 파악을 할 줄 아는 놈이다.

더구나 동유럽 현실 사회주의권의 실체가 드러나고, 톈안먼에서 그나마 개방적이라는 공산주의자 덩샤오핑이 수십만 청년에게 기관총을 갈기고 전차로 밀어 버리는 참혹한 장면을 목격한 뒤 마르크스-레닌주의에 대한 신념도 많이 흔들렸다. 자본주의가 마음에 들지 않았지만, 좌파들이 꿈꾸었던 사회주의는 차라리 그만도 못한 세상, 아니 뭐가 어떻게 될지 모르는 혼돈의 세상이 아닐까 하는 회의감에 사로잡혔다.

결국 현실은 싫다 하지만 운동권은 더 싫다는 회색분자가 되었다. 여기도 못 가고, 저 일도 못 하는 신세가 되었다. 남은 곳은 방바닥뿐.

"그럼 너 아버지 좋아하게 임용고시 쳐서 중학교 선생이라도 해라. 그건 왜 안 하는데?"

오오, 이게 무슨 말인가? 나더러 임고를 쳐서 중학교 선생을 하라고? 어머니가 여기까지 왔다면 정말 엄청나게 많이 양보한 것이다. 어머니에게 나는 서울대 나온 아들이지 사범대 나온 아들이 아니었으니까. 이게 무슨 말이냐 하면, 사범대에 들어간 까닭은 어떻게든 서울대에 들어가기 위한 것이지 교사가 되기 위해서가 아니라는 뜻이다.

지금과 달리 1980년대만 해도 어머니 세대에게 교사란 중산층의 제일 밑바닥에 있는, 어디 가서 자기 직업 말하기도 부끄러운 그런 직종이었다. 정규직 일자리가 널리고 널렸던 시절이라 이른바 철밥그릇은 별다른 메리트가 아니었고, 교사의 보수는 대기업 화이트칼라는커녕 블루칼라 남성 노동자들이 보기에도 불쌍할 정도였다.

"여자 직장으로는 역시 선생이 최고지."

이게 그 당시 어쩌면 아직까지도 교직을 바라보는 우리 사회의 일반적인 시선이었다. '여자 직장'. 그러니까 '남자 직장'만큼 완전하지 않은 직장. 여자가 하면 최고지만, 남자가 하면 시시한 직장. 실제로 "그 친구가 무슨 큰일 하겠어? 쩨쩨하게 선생이나 하던가 공무원이나 하지" 같은 말이 아무렇지도 않게 쓰이던 시절이었다.

하지만 아버지 생각은 달랐다. 아버지는 원래 교사가 꿈이었다. 정확히 말하면 교사, 교수를 막론하고 하여간 선생이 되고 싶었다. 그러나 가난한 소작농의 아들로 태어나 쥐꼬리만 한 월급을 받는 교사가 되어서는 도무지 부모와 동생들 부양이 불가능했고, 교수가 되기 위해 대학원에 유학까지 이어지는 기나긴 백수 생활을 한다는 건 더 말이 안 되는 일이었다. 그리고 돌아와 봐야 교수 월급도 쥐꼬리인 건 마찬가지고.

결국 아버지는 금융계로 투신했고, 마흔도 되기 전에 금융인의 꽃이라는 지점장이 되어 승승장구하는, 나름 성공적인 삶을 살았다. 한때 은행장감이라는 말까지 들었지만 아버지는 선생 되지 못한 한이 남아 돈은 이미 충분히 많이 벌었으니 자식들만큼은 남의 돈이나 벌어 주는 장사꾼 안 시키고 교수, 그게 안 되면 교사라도 시키겠다고 틈만 나면 공언해 왔다. 특별히 자식을 돈은 덜 벌어도 사회에 기여하는 보람 있는 일을 시키겠다는 공공성에 투철한 가치관 때문에 그랬던 것 같지는 않았다.

아버지는 공화주의자가 아니라 사농공상 개념에 투철한 유교적 가치관의 소유자였다. 그래서 늘 자신이 사농공상 중 제일 아래인 상에 종사하고 있다는 사실에 자괴감을 느꼈고, 틈만 나면 유교 경전을 읽으며 선비로서의 본분을 잃지 않으려 애썼다.

어머니는 요즘 말로 하자면 전형적인 금수저 출신이다. 가난한 아버지가 부유한 집안의 딸인 어머니와 결혼할 수 있게 된 것도 순전히 서울법대 출신 사위가 필요했던 외조부가 데릴사위로 들였기 때문이다. 그래서 아버지는 외삼촌들을 늘 고깝게 보았다. 애초에 자수성가한 소작농의 아들과 금수저들이 코드가 맞을 리 없었다.

어머니는 외조부가 돈과 땅을 대서 세우고 기부 채납한 국민학교, 중학교를 다녔다. 그런 어머니한테 그 학교 교사들이 어떻게 보였을지는 타임머신 타고 가 보지 않아도 뻔했다.

그랬던 어머니 입에서 하다못해 임용고시를 쳐서 중학교 선생이라도 하라는 말이 나왔다. 임용고시가 '하다못해' 쳐도 통과할 수 있는 시험인 줄 아는 모양이었다. 하긴 안 그래도 선생을 하찮게 여기는 세대에 그런 학창 시절까지 보냈으니 그까짓 선생 하겠다고 누가 시험 치러 오기나 하겠냐, 와 봐야 어디서 어리숙한 따라지 대학 학생들이나 와서 치겠지, 이런 안이한 생각을 하고 있었을 것이다. 어쨌든 얼마나 백수 아들 뒹구는 꼴이 보기 싫었으면 선생 하라는 말까지 했을까? 하지만 어머니의 그런 엄청난 양보에도 나의 대답은 단호했다.

"내가 자존심이 있지, 임용고시를 어떻게 봐요?"

"이 망할 놈아! 그놈의 자존심이 밥 먹여 주나?"

"자존심이 밥은 안 먹여 줘도, 자존심 없이는 밥 먹을 수 없어요."

"그럼 자존심이고 뭐고 다 치와 버리고 밥도 처먹지 마라. 무슨 말 같지도 않은 소리를 하고 그러노?"

결국 어머니가 걸레를 내팽개치고 나가 버렸다. 하지만 나의 자존심은 굽힐 수 없다. 어지간하면 시험을 칠 만도 했지만 그럴 수 없었다. 여기에는 이가 갈리는 사연이 있다.

진로를 고민하던 1990년의 일이었다. 당시 천 명이 넘는 해직 교사를 쏟아낸 전교조가 나에게 새로운 희망을 주면서 진로 고민을 덜어 주고 있었다. 천 명 넘게 해직 교사가 나왔으니 신규 교사 티오가 많이 나올 것이라는 희망? 그런 양아치 같은 생각을 한 건 아니었다. 여기서 말하는 희망은 안정적인 중산층의 삶을 누리면서도 운동의 대의를 지키며 진보진영의 일익을 담당할 수 있다는 다소 염치없는 희망이었다. 즉, 중산층으로 생활하면서도 노동운동가 행세를 할 수 있다는.

돌이켜 보면 유치하기까지 하지만 그때는 정말 절박하고 심각하고 순수한 고민이었다. 당시 나름 진보적이고 운동깨나 했다는 서울대 학생들은 누구나 졸업을 앞두고 진로 문제로 깊은 고민에 빠졌다. 그들에겐 두 가지 길이 있었다. 회사원이나 기타 화이트칼라가 되어 운동권 생활을 완전히 접고 중산층의 길을 가든가, 아니면 학벌 프리미엄 따위 잊어버리고 공장에 취업해 노동운동가가 되어 운동권의 삶을 이어 나가든가.

물론 후자가 훨씬 멋있고 진정성 있는 선택이었지만, 그 길을 선택하는 학생은 많지 않았다. 서울대씩이나 들어와서 공장 노동자가 되겠다는 결심이 어디 그리 쉬웠을까? 이런 존재론적인 전환을 하지 못한다고 누구도 비난하지 않았다. 그래서 참 어이없는 일이 많이 일어났다.

총학생회에서 '노동자 학생 연대투쟁 위원장'을 맡았던 선배가 현대건설에 입사했다. 불과 몇 달 전까지만 해도 "노동조합 탄압하는 정주영을 처단하자!" 같은 구호를 외치고 다녔는데 말이다. '반제 반파쇼 민중민주혁명위원회'인가 뭔가에서 한자리 맡았던 녀석은 자본의 산실 국민은행에 입사했다.

그렇게 결기 넘쳤던 혁명 투사들이 하나하나 글로벌 대기업의 엘리트 사원으로 변신했다. 나중에 양복을 멀끔히 차려입은 그들을 만났을 때, 과거의 흔적은 찾아보기 어려웠다. 민중이니 노동이니 외쳤던 학생운동은 젊은 시절 잠깐 스쳐 지나간 에피소드였을 뿐, 결국 그들의 본질은 뼛속 깊이 서울대생이었다. 하지만 나는 그렇게 쿨하지 못했다. 화이트칼라가 되어 소시민의 지루한 삶을 살아가며 독점자본의 증식을 위해 남은 삶을 바치고 싶지 않았다. 하지만 공장 노동자가 되어 그 거친 투쟁의 삶을 견뎌 낼 자신도 없었다.

그럼 대체 어쩌자는 말인가? 이런 고민에 빠진 운동권 학생의 집안이 넉넉하다면 대개 대학원에 진학해 학자의 길을 선택했다. 우아한 삶을 유지하면서도 진보적이고 좌파적인 입장을 지킬 수 있으니까. 그렇게 진보적 지식인 행세를 하며 버티거나 유학을 다녀오면, 마흔 언저리에 잘하면 대학 교수 자리 하나 정도는 잡을 수 있었다.

나 역시 그런 생각을 가지고 있었다. 전교조가 출범하여 수난을 당하기 전까지 나는 사범대 학생이었음에도 교사가 될 생각이 전혀 없었다. 어머니의 영향을 받아 교직을 천하게 여긴 건 아니다. 오히려 이념의 문제였다. 지배계급의 이데올로기 도구에 불과한, 그리하여 계급 재생산 기계의 부속품에 불과한 교사가 된다는 것은 대기업에 입사해서 자본가의 배를 불리는 일보다 더 나쁜 일처럼 여겨졌다.

그런데 전교조 운동이 일어났고, 온 국민의 관심사가 되었다. 그 투쟁은 뜨거웠고, 희생자들은 강인하고 숭고했다. 전교조 운동은 교사가 단지 지배체제의 도구가 아님을, 자주적이고 진취적인 사회변혁 운동의 주체가 될 수 있음을 보여 주었다.

"교사도 노동자다!"

이 얼마나 달콤한 복음인가? 게다가 하는 일은 선비의 일, 우아하게 공부할 수 있는 일, 한마디로 기름밥, 먼지밥 먹지 않는 일이다. 그렇게 우아하게 일하면서 전교조에 가입하면 '노동해방 투쟁'에 일익을 담당할 수 있는 것이다. 전교조는 스스로를 '교육희망'이라고 불렀는데, 그건 나한테 꼭 들어맞는 이야기였다.

당시 전노협(민주노총의 전신) 결성식 때의 장관도 영향을 주었다. 집회가 막바지에 이르면서 전노협 산하 단체들이 하나하나 소개되었는데, 참교육 깃발을 휘날리며 입장하는 전교조 조합원들을 보며 "선생님들이 스스로 노동자임을 선언하고 우리와 함께하고 계십니다!"라고 울먹이던 사회자의 흔들리던 목소리가 내 가슴에 깊게 파고들었다.

진로 고민이 끝났다. 교사가 되기로 결심했다. 아니, 전교조 활동가가 되기로 결심했다. 그래서 노동운동에 계속 발을 걸칠 것이다. 부끄럽게도 교육자로서의 소명 같은 건 별로 생각하지 않았다.

하지만 더 부끄러운 이유가 있었다. 교사가 되기 위해 준비할 것이 아무것도 없었다는 것. 그때까지만 해도 국립 사범대, 교육대 학생들은 졸업만 하면 어떤 선발 절차 없이 졸업 순번에 따라 따박따박 국공립학교에 발령이 났다. 그러니 그냥 평소처럼 부지런히 학생운동 하고, 데모하면서 대학 생활을 보내면 그만이었다. 취직 준비? 그런 거 전혀 신경 쓸 필요가 없었다. 어차피 졸업하면 바로 교사가 되고, 그럼 바로 전교조에 가입해서 투쟁을 계속할 수 있는 데 뭐가 더 필요하겠는가?

그래서 나는 취업을 위한 다른 준비는 일절 하지 않았다. 4학년 2학기 10월에 집중적으로 치러진 여러 대기업 입사 시험에도 응하지 않았다. 어차피 몇 달 있으면 알아서 교사 자리, 그것도 65세까지 정년이 보장되고 연금까지 확보되는 공립학교 교사 자리가 굴러오는데 자본가 앞잡이 노릇이나 하는 대기업 신입사원? 퉤! 처다볼 필요도 없었다. 물론 연봉이야 대기업 쪽이 훨씬 많지만 그 연봉을 노동시간으로 나누어 보면 어차피 그게 그거였다. 덜 일하고 덜 벌지 뭐. 딱 계산이 나왔다.

아무 걱정 없이 캠퍼스의 마지막 학기를 즐기고 있었던 1990년 11월 3일. 일주일 뒤에 열릴 전태일 열사 정신 계승 전국노동자대회 참가를 준비하고 있던 중 청천벽력 같은 뉴스가 떨어졌다. 국립 사범대 학생들에게 주어지던 교사 발령 권리가 평등권에 위배된다면서 위헌 판결이 난 것이다. 사립 사범대 학생들이 낸 헌법소원 결과였다.

지금 생각하면 당연한 판결이다. 하지만 가만있기만 해도 교사가 된다고 믿고 마지막 대학 생활을 낭만적으로 즐기고 있던 국립 사범대 4학년들에게는 하늘이 무너지는 것 같은 소식이었다.

각종 음모론이 난무했다. 전교조 운동에 놀란 정권이 체제 순응적인 교사들을 선발하고, 저항적인 교사를 미리 걸러내려고 '시험'이라는 선발 제도를 도입했다는 그럴듯한 이론까지 나왔다. 이 이론의 로직은 이랬다.

> 1. 국공립 사범대에서 무시험 발령으로 교사가 될 수 있던 시절에는 사범대에 다니면서 폭넓은 공부를 하고, 사회문제에 관심을 가지면서 다양한 문제의식을 키울 수 있었다.
> 2. 이들이 전교조 운동 등 교사들의 저항을 이끌었다.
> 3. 만약 시험을 쳐야만 교사가 될 수 있다면, 그런 한눈팔 시간은 없어지고 대학 시절 내내 시험공부에 매달리고, 학생들끼리도 서로 경쟁자가 되어 공동체 의식이 무너질 것이다.
> 4. 그렇게 죽기 살기로 공부해서 교사가 된다면, 개인주의가 만연하고 그 자리가 아깝기도 하여 감히 교육 당국 눈 밖에 나는 행동 따위는 하지 않을 것이다.
> 5. 따라서 임용고시는 평등권이라는 가면 뒤에 감추어진 교사 통제, 교육 통제 수단이다.

자, 이렇게 이론이 만들어졌으니 다음은 실천, 즉 투쟁을 조직할 차례였다. 전국국립사범대학 학생회 연합(전사련) 산하에 임용고시 철폐 투쟁 본부가 세워졌다. 나도 투쟁 본부에 결합해 무척 열심히 활동했다. 교육부 앞에서 대규모 집회를 열고 선전전도 했다. 하지만 세상을 뒤집을 수 있다고 믿었던 청년학생들의 피 끓는 열망에도 교육부는 요지부동, 그해 12월에 첫 번째 임용고시를 실시한다고 발표했다.

11월 하순, 서울대 사범대 학생회실에 긴장감이 감돌았다. 나를 3퍼센트 득표율로 제치고 학생회장에 당선된 최종경이라는 녀석이 회의를 진행했다.

"교육부가 끝내 임용고시 날짜를 확정해서 발표했습니다. 동지들, 이제 우리가 할 수 있는 모든 투쟁을 다 강구해야 합니다."

"동맹 휴업을 제안합니다."

"그 정도로는 약합니다."

종경이가 고개를 흔들었다.

과격파인 내가 나설 차례가 되었다.

"동맹 휴업 정도가 아니라 우리 아예 졸업 거부를 합시다."

"졸업 거부라고요?"

"우리 4학년 학우들이 졸업논문 제출을 거부하고 올해 졸업을 안 해버리는 겁니다. 이 정도쯤 되어야 우리 투쟁 의지가 드러나지 않겠습니까? 그리고 올해 졸업생이 없다면, 임용고시 응시생 역시 없을 것이니 그 역시 충분한 선전 효과가 있을 겁니다."

"그거 좋은 방법 같습니다. 하지만 올해 입사 시험 치른 학우들은 어떻게 합니까?"

"교직에 진출할 생각이 없는 학우는 원래 계획대로 졸업하라고 하면 됩니다. 이건 어디까지나 예비교사로서의 투쟁이니까."

"졸업 거부까지는 좀 과한 것 같습니다. 응시 거부로 선을 좀 낮추는 게 어떨까요?"

종경이 녀석은 원래 겁이 많아 싸움의 수위를 낮추는 습성이 있었다. 예상한 반응이었다. 그래서 애초에 졸업 거부라는 초강경 제안을 했던 것이다. 만약 내가 학생회장이었으면 응시 거부 정도가 아니라 임용고시 고사장 점거 농성 투쟁 정도는 계획했을 것이다. 돌이켜 생각하면 학생회장 선거에서 낙선한 게 천만다행이었다. 날 위해서나, 다른 사범대 학우들을 위해서나.

어쨌거나 예상대로 종경이는 내가 제안한 투쟁 방안의 수위를 낮춰 응시 거부 투쟁이라는 말을 제 입으로 하고 말았다. 그렇다면 당연히 회장님께 제청해 드려야지.

"회장님 말씀에 동의합니다. 응시 거부 투쟁이 적당한 선으로 보입니다."

그러자 종경이는 한때 라이벌인 나를 굴복시켰다는 쾌감을 감추지 못하며 으쓱거리는 모습으로 말했다.

"그럼 권오석 학우 제안대로 임용고시 응시 거부로 우리 투쟁 방향을 잡습니다. 전사련 대표자 회의에 정식으로 제안하고 전국 공동투쟁을 조직하겠습니다."

그렇게 종경이는 임용고시 응시 거부를 전사련에 안건으로 제출했고, 전사련에서도 특별한 이의 없이 통과되었다. 그리하여 전국의 모든 국립 사범대 학생회가 임용고시 응시 거부를 결의했다. 단결 투쟁! 이제 뭔가 되는구나 싶었다.

그때는 정말 그게 될 줄 알았다. 단결 투쟁으로 뭐든지 다 막아 낼 수 있을 것 같았다. 임용고시 경쟁률이 1:1도 안 되어 고사장이 텅텅 비고, 그걸 기자들이 취재하면 사범대 학생회장단이 그 이유를 힘차게 설명하면서 예비 교사 시절부터 점수의 노예를 만들어 교육을 정권에 종속시키려는 독재 정권의 음모를 폭로할 수 있을 것 같았다. 정말 꿈같은 생각이었다.

4학년 학생들에게 임용고시 응시 거부 결의 서명을 받았다. 거의 대부분의 학우가 서명에 동참했다. 부산대, 전남대 등 다른 지역 국립 사범대에서도 대부분의 학우가 응시 거부에 서명했다고 연락이 왔다.

하지만 막상 뚜껑이 열리자 그 모든 것이 세상물정 모르는 한낱 서생의 꿈이었음이 밝혀졌다. 제1회 중등교원 임용 후보자 선발 시험, 일명 임용고시 응시자 접수 결과가 나오자 나와 종경이는 서로 얼굴을 마주 보며 눈을 비볐다. 경쟁률이 5:1이 넘었다. 전국적으로 그런 것이 아니라 유독 서울만 그랬다. 다른 지역, 특히 남부 지방이나 인천은 경쟁률이 1:1 수준을 맴도는데, 유독 서울만 경쟁률이 넘쳐나고 있었다.

임용고시 시행 첫 3년은 그나마 국공립 사범대의 기득권을 인정해 준다면서 전체 선발 인원의 70퍼센트를 국공립 사범대생끼리 경쟁하도록 할당해 두었었다. 그러니 서울대 전원이 응시해도 기껏 1.5:1이 나올 수 있는 최대의 경쟁률이다. 5:1은 절대 나올 수 없는 숫자였다.

"5대1이라니!"

"전국의 학우들이 전부 배신하지 않고서야 나올 수 없는 수치야."

"샅샅이 확인해 보자."

나는 눈알을 붉게 물들여 가며 배신자를 찾아다녔지만, 서울대는 대열을 이탈한 학우가 거의 없었다. 하나하나 확인해 본 결과 정말 극소수의 학생들만 임용고시 원서를 접수했다.

"학생이 시험을 거부할 수는 없잖아?"

"아빠가 억지로 접수했어. 미안해."

그 극소수 학생들의 이유는 가지가지였지만 어차피 많은 수가 아니었고, 그나마 얼마 안 되는 응시생들도 주로 체육과였다. 어차피 체육과는 학생회의 말발보다 선후배 군기가 더 먹히는 곳이니 도리 없다 싶었다. 그렇다면 저 5:1의 경쟁률을 만든 응시생들은 대부분 지방 국립 사범대 학생이라는 결론이 자연스럽게 나왔다. 거의 미달에 가까운 지방의 응시 현황이 그 정황 증거였다.

그렇게 디데이가 되었고, 충격과 울분을 억누르며 종경이와 함께 시험장에 나가 보았다. 어떤 화상들이 이런 파렴치한 배신을 저질렀는지 두 눈으로 똑똑히 보고 싶었다. 그리고 그들이 고사장에 들어가면서 한 번쯤은 부끄러움을 느끼게 하고 싶었다.

"오석아, 저기 좀 봐라."

종경이가 나를 잡아끌었다.

"저기 주동선 아니냐?"

"뭐? 설마."

눈을 의심했다. 우리 눈앞에 잔뜩 움츠러든 모습으로 고사장을 향하는 전사련 전략실장 주동선이 나타난 것이다. 혹시 잘못 봤나 싶어 몇 번이나 눈을 비비며 고쳐 보았지만, 틀림없는 주동선이었다.

몇 가닥 안 되는 수염이 다 일어설 정도로 화가 치밀어 올랐다. 일반 학우야 그렇다 치자. 하지만 학교를 대표해서 회의에도 참석하고 같이 응시 거부를 결의해 놓고 이게 무슨 짓이란 말인가?

"저 새끼가⋯⋯."

"참아. 뭔가 사정이 있겠지."

성격이 온화한 종경이가 내 소매를 잡고 말렸지만, 종경이의 손을 뿌리치고 득달같이 달려가 불러 세웠다.

"어이! 전사련 전략실장!"

그런데 녀석은 모르는 척 고개를 숙이고 바쁜 걸음으로 고사장을 향했다.

"야, 이 배신자!"

나는 강제로 그 녀석의 팔을 잡아 세웠다. 그제야 주동선이 전혀 부끄러운 기색 없이 고개를 뻣뻣이 들고 우리를 바라보았다.

"지금 뭐 하는 거야?"

"미안하게 됐다."

"미안하다고 해서 될 일이 아니잖아? 지금 서울대는 95퍼센트 이상 응시 거부했다고. 그런데 지금 이게 무슨 짓들이냐고!"

"우린, 너희하고 처지가 달라."

"우린 또 뭐고 너흰 또 뭐야? 다 같은 국립 사범대 동지들끼리!"

"가슴에 손을 얹고 생각해 봐. 정말 같다고 생각해?"

"무슨 뜻이야?"

"우린 처지가 달라. 그래, 95퍼센트가 응시 거부했다고? 대단하게 들리겠지만, 솔직하게 말해 볼까? 너흰 군이 임용고시 안 봐도 갈 데 많은 서울대생들이야. 그 95퍼센트는 그래서 나온 숫자고. 어차피 교직에 생각이 별로 없었으니까. 아니면 군이 시험 안 쳐도 결국 사립학교에서 자리가 나올 테니까. 너희는 발령이 나건 안 나건 서울대생이지만, 우린 달라. 교사 발령 나는 거 그거 하나 믿고 들어왔어. 그런데 발령이 안 나면 우린 그냥 지방대 학생이야. 교직 말고는 어디도 비벼 볼 곳이 없다고."

말문이 턱 막혔다. 임용고시 보이콧을 제안했을 때 순식간에 과반수의 학생이 찬성하고, 공동 결의문까지 나온 게 나의 지도력 때문이라고 생각했다. 하지만 전혀 아니었다. 서울대생들은 임용고시가 있건 없건, 애초에 교직에 진출할 생각들이 별로 없었다.

그냥 발령 나던 시절에도 남학생 절반이 그걸 마다하고 더 많은 연봉을 주는 직장으로 갔는데, 시험까지 치라고 한다면 누가 가서 치겠는가? 그러니 어차피 칠 생각 없었던 시험, 응시 거부에 이름 올리는 거,

까짓것 쿨하게 해 줄 수 있는, 그다지 어렵지 않은 일이었던 것이다. 그러니까 내가 설득한 게 아니었다. 만약 그들이 서울대가 아니라 취업 서류전형마저 통과하기 어려운 대학 학생들이었다면, 임용고시를 거부하자는 나의 호소에 응했을까? 응했다면 과연 몇 명이나 응했을까? 자신감이 뚝 떨어져 갱도를 파고 땅속으로 들어가 버렸다.

지방 국립 사범대 학생들은 녀석이 말한 대로 정말 딱한 처지에 있었다. 그들은 집안 형편상 등록금이 부담스러워 교사 발령이라도 받으려고 진학한 경우가 많았다. 서울대 갈 점수는 안 되고 서울에 있는 다른 명문대 등록금은 도저히 댈 수 없는 돈 없고 공부 잘하는 시골 학생들에게 당시 지방 국립 사범대는 지방대임에도 유일한 희망이었다. 그런데 발령이 안 난다고? 시험을 쳐야 한다고?

"올해 서울대 애들이 임용고시 안 본대!"

그런 그들에게 우리의 결연한 임용고시 응시 거부 투쟁 소식은 복음처럼, 그리고 얼마 지나지 않아 주문처럼 전해졌을 것이다.

"서울로 가자!"

대한민국은 정확히 말하면 서울대한민국 아닌가? 누구나 기회만 되면 서울에서 일자리를 얻으려 하는 건 당연한데, 마침 껄끄러운 서울대 학생들이 응시하지 않는다고 하니 전국 방방곡곡에서 중등교사 자격증을 갖고 있는 사람이라면 재학생 졸업생 가리지 않고 모조리 서울로 몰려온 것이다.

손가락질하기 어려웠다. 내가 그 입장이었다면 다른 선택을 할 수 있었을까? 내가 취업 기회를 거부하는 투쟁을 생각할 수 있었던 것도 대학 졸업하고 백수로 뒹굴어도 문제없는 넉넉한 집안에 태어난 특권이라는 데까지 생각이 미치자 주동선을 놓아줄 수밖에 없었다.

결국 우리는 망연자실한 모습으로 문전성시를 넘어 임시 고사장까지 설치해야 할 정도로 대성황을 이루는 임용고사장을 지켜보다 쓸쓸히 물러서야 했다. 그렇게 우리의, 아니 나의 '임용고시 철폐 투쟁'은 막을 내렸다. 임용고시는 완전히 정착되었고, 나와 꽤 많은 동기들만 공연히 아무 직장 없이 졸업해야 했다.

아, 이 무슨 쪽팔리는 투쟁 실패란 말인가. 응시 거부한 다른 학우들에게 무슨 면목으로 낯을 들고 다닌단 말인가? 이런 일을 겪고 일 년 뒤에 임용고시를 보러 고사장에 들어간다? 그럼 그때 응시를 거부했던 다른 동기들은, 그리고 내가 주동선을 붙잡고 면박 주던 장면을 목격했던 수많은 전국 사범대 학생들은 과연 나를 어떻게 볼까? 세상에 이보다 더 얼굴 팔리는 상황이 또 있을까? 절대 임용고시만은 칠 수 없었다.

그래서 교직 대신 기자를 선택했지만, 그마저도 여의치 않아 반년 만에 뛰쳐나왔다. 당장 직업란에 뭔가 써 넣어야 할 것 같아 일단 대학원에 진학했지만 별 도움이 되지 않았고, 부모에게 용돈 받기 싫어서 학원을 쑤셔 보았지만 이마저도 여의치 않았다.

"죄송하지만 저희는 오래 함께할 선생님을 찾습니다. 선생님은 아무래도 저희에게는 많이 버겁네요."

동네 보습학원들은 이렇게 말하며 나를 받아주지 않았다. 서울대 졸업장이 오히려 걸림돌이었다. 도대체 누구야? 서울대 졸업장만 있으면 만사형통이라며 학벌사회 운운한 사람이?

그럼 대형 입시학원은? 내가 아무리 타락해도 그렇지 거기까지 가고 싶지는 않았다.

그러던 차에 어머니가 폭발한 것이다. 그 폭발적인 정서를 방바닥에 쏟아붓고 있는 어머니와 한 공간에 있기가 껄끄러워 슬그머니 거실로 나오는데 때마침 전화가 왔다. 과 조교 형이었다.

"너 사는 데가 M여고랑 가깝지?"

"네."

"잘됐네. 거기서 임시 교사를 구한다고 추천해 달라고 해서. 우리 과 졸업생 중 적당한 사람 있으면 소개해 달라고 하네."

임시 교사는 정교사가 휴직할 경우 그 기간 동안을 보충하는 것이 원칙이지만, 사립학교에서는 멀쩡한 정교사 자리를 임시 교사로 채우는 경우가 많았다. 임시 교사는 호봉 승급이 없으니 해마다 월급을 올려주지 않아도 되고, 또 재단에서 언제든지 해고할 수 있어서 부려먹기도 편했기 때문이다. 물론 전화만으로는 휴직 대체 교사인지 재단의 꼼수 교사인지 알 수 없었다.

"가 볼게요. 고마워요, 형."

"알았다. 그럼 내가 그쪽에 연락할 테니까, 그쪽에서 전화 오면 잘 이야기해라."

이런 자리를 승낙하다니 스스로에게 놀랐다. 어머니가 걸레를 집어

던지며 성내지 않았다면 이런 자리는 쳐다보지도 않았을 것이다. 임용고시는 절대 칠 수 없고, 자본가의 앞잡이가 되는 회사원도 될 수 없고, 겨우 얻은 기자 자리는 어줍잖은 정의감에 때려치워 버렸고, 그렇다고 공장에 들어가서 그야말로 노동자가 될 수도 없으니, 어디 사립학교라도 알아보는 수밖에 없었다.

사립학교 교사는 인맥으로 충원되었다. 재단 누군가의 알음알음, 교장이나 교감의 알음알음. 그렇지 않으면 아예 학교에서 노골적으로 서울대 사범대의 해당 교과 전공학과에 전화를 걸기도 했다. 실제로 선배들 중 졸업하면서 조교와 이렇게 저렇게 이야기를 주고받다가 사립학교로 가는 경우를 많이 봤다. 공교롭게도, 아니 당연하게도 모두 남자였다. 서울대를 나왔다는 것, 그리고 남자라는 것이 대한민국이라는 나라에서 확실히 기득권이라는 증거였다. 그리고 나는 의식으로는 이를 부정했지만, 잠재의식으로는 내심 기대하고 있었는지도 모르겠다.

"음, 사회 가르치시던 고 선생님이 출산 예정이라 다음 주부터 2개월 출산 휴가 들어가지만, 아마 육아 휴직까지 이어 가실 모양이고. 에⋯⋯."

다음 날 전화 받고 찾아갔더니 M여고 교감이라는 자가 이력서, 졸업증명서, 교사자격증 사본 등을 뒤적뒤적하며 묘하게 말꼬리를 흘렸다.

왜소한 몸집의 50대 남자였는데 턱을 앞으로 쭉 빼 밀고, 반쯤 벗어진 머리는 뒤로 밀어 넣으면서 거만해 보이려고 무척 애쓰는 모습이었다.

"아, 네."

달리 할 말이 없어 그냥 고개만 끄덕였다.

"고 선생님이 다시 복직할지 말지 그건 잘 모르겠지만, 뭐 일단 그건 나중에 두고 봅시다."

"네."

"아, 참 그런데."

"네?"

"고 선생님이 벌써 세 번째 출산이라 다시 복직하실지 그게 좀."

"아, 예. 뭐 여러 가지 고민이 많으시겠네요."

이 영감탱이가 왜 이런 쓸데없는 말을 하나 싶었다. 그 고 선생이란 사람이 아이를 둘을 낳았는지 셋을 낳았는지 알 게 뭐란 말인가? 그리고 복직해서 계속 워킹맘을 할지, 아니면 퇴직하고 육아에 전념할지 그건 본인이 선택할 일이지 왜 제3자가 이러쿵저러쿵하는가? 더구나 나까지 왜 그 이야기에 끌어들이나?

"음. 음. 아무래도 그렇겠죠. 그래서 말인데."

"네? 그래서라뇨?"

"아, 이거 참. 음, 뭐랄까. 자, 이사장님 면담하러 갑시다."

"네? 이사장님을요?"

아니 무슨 학교가 겨우 두 달짜리 임시 교사 하나 채용하는데 이사장 면담까지 한다고 그러나 싶었지만, 그렇다고 거절할 수도 없었다. 그냥 이사장실에 따라 들어가는 수밖에. 아무래도 이 학교는 교장은 바

지저고리고 이사장과 교감이 쥐락펴락하는 모양이었다.

이사장은 마치 구한말에서 환생한 듯한 모습의 60대 여성이었다. 옥색 한복 치마와 하얀 저고리를 입었고, 절반쯤 하얗게 센 머리도 뒤로 묶어 쪽까지 지었는데 그 사이를 은빛 비녀가 관통하고 있었다. 딱 위인전에서 본 김마리아 선생을 연상시키는 모습이었다.

"음, 권오석 선생님이라고?"

구한말 할머니가 돋보기 안경 너머로 나를 힐끔 쳐다보았다. 이미 저쪽에서 이름까지 거명했으니 구태여 말을 보탤 것이 없다 싶어 그저 고개만 30도 정도 숙여 인사를 했다.

"으음. 으음."

이사장은 뭐라고 말은 안 하고 계속 눈을 위아래로 움직이며 뜻 모를 소리만 계속 내고 있었다. 한참을 그러더니 느닷없이 한마디 던졌다.

"수고했어요. 이제 가 보셔도 좋습니다."

"네?"

나도 모르게 반문이 터져 나왔다. 하지만 교감이 잡아끄는 바람에 할 수 없이 의문만 가득 안은 채 이사장실을 나왔다. 저 할머니는 무슨 관상이라도 보시나? 사주를 안 물은 게 다행이다 싶었다. 나도 사립 고등학교를 졸업했지만 하여간 사립학교는 이상하다.

"오늘 일은 다 끝났으니 가서 단정한 옷 한 벌 맞추고 준비하세요. 다음 주 월요일에 나오는 걸로 합시다."

그렇게 이상한 채용 절차가 끝났다. 돌아가는 길에 교감이 말한 대로 단정한 옷 한 벌을 맞추려고 바로 백화점으로 갔다. 가을바람이 서늘해질 무렵이었기 때문에 겨울 양복을 한 벌 맞추고, 자주색 넥타이와 검정 구두도 하나 샀다. 많지는 않았지만 기자 시절에 받은 월급과 그간 과외를 해 모아 두었던 돈을 그렇게 탕진했다.

쇼핑을 마치고 새로 산 구두를 신고 집에 오니 어머니가 묘한 표정으로 말했다.

"M여고 교감이라는 사람한테 전화 왔었다."

"거기 갔다 오는 길인데요?"

"꼭 다시 전화해 달라 하던데?"

"그래요? 왜 그러지? 뭐 또 준비해야 할 서류가 있나?"

대수롭지 않은 마음으로 M여고에 전화를 걸었다.

"아, 권오석 선생? 이거 참 일이 곤란하게 되었습니다."

교감이 잔뜩 격앙된 목소리로 말했다.

"곤란하다뇨?"

"거, 이사장님이 손사래를 칩디다."

"이사장님이 뭘 어떻게 했다고요?"

"아, 권 선생 채용하면 안 된다고 손사래를 치더라고요."

"네? 아니, 아깐."

"아, 아깐 다 오케이 난 거라고 생각해서 다음 주에 보자고 했죠. 그런데 이사장님이 나중에 다시 부르더니 손을 흔드시는데 어쩌겠습니까?"

"이게 도대체 무슨⋯⋯. 아니, 왜요?"

"우리 학교가 여고라서 말입니다. 권 선생 같은 분 모시면 풍기문란이 우려되어 안 된답디다."

"네? 풍기문란이라고요?"

살다 살다 이런 개소리는 처음 들었다. 그래. 나도 내가 정숙하고 근엄한 청년이라고는 말 못하겠다. 하지만 풍기문란이라니? 여학교라 풍기문란을 걱정할 수밖에 없다고? 아니, 내가 여학생 꼬시러 교직을 선택한 파렴치한이라도 된단 말인가?

"아, 물론 나도 그게 말이 안 된다고 생각하지."

교감이 은근슬쩍 말을 놓으며 능청을 떨었다.

"그런데 이사장님은 옛날 분이잖여? 젊은 사람들 이해 못한다고. 그래도 내가 어떻게 잘 설득할 수는 있어요. 하지만 그러자면 뭔가 좀 성의가 필요한데 말이죠."

"성의라뇨?"

"아, 그거 있잖아. 거 젊은 친구가 너무 세상을 모르네."

내가 세상을 모르는지는 모르겠지만, 도대체 교감이 하는 말이 뭔지 못 알아듣겠는 것만큼은 사실이었다. 짜증이 치밀어 오르기 시작했다. 내가 그래 기껏 두 달짜리 임시 교사 하자고 풍기문란하다는 말도 듣고, 이런 스무고개 놀이까지 해 줘야 한단 말인가?

"그러니까 필요한 걸 말씀하세요. 제가 어떻게 성의를 보여야 하는데요. 가서 정숙한 모습이라도 보여 주라는 말씀이십니까?"

내 목소리가 점점 커졌다. 그때 어머니가 빛의 속도로 전화기를 빼앗아 들더니 대뜸 경상도 억양으로 말을 시작했다.

"여보세요. 나 권오석 에미 되는 사람입니다. 오석이가 아직 어려서 물정을 몰라 그러는 것 같은데, 어른들끼리 한번 얘기해 봅시다."

어머니를 부동산 업계의 큰손으로 만든 배짱과 결기가 느껴지는 말투였다. 그러자 교감이 어쩌구저쩌구 하는 소리가 들렸다. 하지만 그 소리는 오래가지 못했다. 어머니가 즉시 빼액 소리를 질렀기 때문이다.

"이보세요. 교감 선생님이면 좀 교감 선생님답게 솔직하게 말하세요. 우리 오석이는 어디 내놔도 안 빠지는 앱니다. 그 학교 선생 하기엔 아까운 앤데, 그래 겨우 두 달짜리 임시 교사 하나 가지고 뭐 이러쿵저러쿵 말이 많아요. 다른 생각 있잖아요? 그걸 말해 보라고요."

그러자 교감이 또 뭐라고 구시렁거리는 소리가 전화기에서 새어 나왔다.

"이러지 말고, 까놓고 말합시다. 얼마면 되겠어요? 숫자를 말해 보세요."

어머니 입에서 이런 말이 튀어나올 줄은 몰랐다. 아마 교감도 몰랐을 것이다. 그런데 더 놀라운 것은 교감이 어쩌구저쩌구 하는 말이 흘러나오는데, 그 음조에서 어떤 당황스러움이나 민망함이 느껴지지 않았다는 것이다.

어머니의 입을 통해 교감이 무슨 말을 했는지 확인하자 확실히 내가 세상을 너무 몰랐다는 것을 인정할 수밖에 없었다.

"5백에 2년짜리요? 그래는 못합니다. 2천에 정교사 합시다. 어때요?"

어릴 때부터 흥정하는 어머니 모습을 보고 자랐지만, 교직을 놓고 이렇게 흥정이 오갈 줄은 꿈에도 몰랐다. 교감 목소리가 다시 어쩌구저 쩌구 들리는 걸로 보아 성을 내기는커녕 정말 흥정을 하고 있는 모양이었다.

신규 교사 연봉이 1,200만 원을 넘지 못하는 걸 생각하면 5백만 원이니 2천만 원이니 하는 돈은 엄청난 금액이었다.

"3천이요? 좋아요. 3천으로 합시다. 뭐라고요? 이사장 허락을 받아야 한다고요? 그건 이쪽도 마찬가지니 내일 확정 지읍시다. 나도 애하고 또 애들 아빠하고 얘기해 봐야 하니까. 그만 먼저 끊습니다."

어머니가 전화기를 내려놓는 소리가 영화 〈지옥의 묵시록〉에서 네이팜탄 터뜨리는 소리처럼 들렸다. 전화기를 내려놓은 어머니가 눈을 둥그렇게 뜨고 나를 노려보았다.

"무슨 소린지 다 들었제?"

그저 침묵으로 긍정을 대신했다.

"그래, 어떻게 할래? 그 정도 돈은 우리 집에 얼마든지 있다."

어머니의 그 한마디가 가슴을 송곳으로 후벼 파는 것처럼 아팠다. 그동안 세상을 바꾸겠노라, 정의감을 불태우며 데모질로 대학 시절을 다 보냈다. 하지만 나는 세상을 전혀 알지 못했다. 오히려 온갖 사회과학 책들 제목조차 모르는 어머니야말로 세상을 잘 알고 있었다. 나는 여전히 '애'였던 것이다.

"정말로 돈을 주자고요?"

간신히 한마디를 꺼냈다. 어머니의 대답이 무조건 반사처럼 튀어나왔다.

"택도 없는 소리! 네가 어떤 앤데 그런 것들하고 평생 같이 일할 수 있겠나? 내도 그 정도는 안다. 그놈들 생각이 뭔지 떠볼라꼬 돈 얘기 꺼냈지. 그런 더런 놈들한테 줄 돈은 한 푼도 없다. 어떻게 모은 돈인데 그 따위 놈들 배 불리는 데 쓰겠나? 어이?"

한마디도 할 수 없었다. 스물다섯이나 되었지만, 세상을 다 안다고 거들먹거렸지만, 결국 어릴 때와 마찬가지로 어머니의 엄한 훈육을 받고 말았다.

마침내 어머니가 결론 삼아 한마디를 덧붙였다.

"잔말 말고 임용고시 준비해라."

*

"그래서 임용고시를 준비했고, 그해 합격해서 공립학교 선생님이 되었답니다. 그리고 27년이 지난 지금, 여러분과 이렇게 만났네요."

"와, 선생님 이런 얘기 너무 재미있어요."

아이들이 눈을 반짝였다.

"그런데 그때가 가을이라고 했잖아요?"

"그런데?"

"임용고시는 12월에 치잖아요? 그럼 두 달 공부하고 임용고시 붙은 거예요? 대박! 그게 어떻게 가능해요?"

"하하하. 내 페이스북 프로필에 뭐라고 되어 있지?"

"대한민국 3대 천재. 에이, 샘은 항상 결론이 자랑이라니까."

"맞아. 맞아."

"그런데 샘 어딜 봐서 풍기문란이래요?"

"그런데 풍기문란이 뭐예요?"

아이들이 끝없이 질문을 쏟아부었다. 나는 점심시간을 알리는 종이 어서 치기를 기다렸다.

노 동 자 가

되기 싫어서,

노 동 자 가

되고 싶어서

상권이는 가난해서 공고를 갔다고 울먹였다.
세상이 확 뒤집히기 전에는 노동자를 면할 수
없다며 하늘을 향해 주먹을 휘둘렀다.

민규는 성적이 안 나와서 공고에 못 가고 어색하게
웃는다. 그래서 일반계 고등학교에 간다.

가난했던 상권이는 노동자가 되었지만, 공부를
못한 민규는 노동자가 될 기회를 잃어버렸다.

그만큼 노동자의 지위가 높아진 것인가? 그럼
그만큼 세상이 바뀐 것이라고 봐도 좋을까? 뭐가
뭔지 모르겠다.

나는 시한부 백수다. 시한부라는 말은 절박함, 슬픔, 외로움, 고통 따위와 짝을 이루곤 하지만 내 경우는 반대다. 월급 한 푼 안 나오는 처지라는 점에서는 틀림없는 백수지만, 1년만 지나면 다시 따박따박 월급받는 자리로 돌아갈 수 있다는 뜻의 시한부니까.

남들은 부러워했다. 하지만 나는 약간의 모욕감을 느꼈다. 교수들은 5년마다 한 번씩 월급 다 나오는 연구년을 주는데, 교사는 월급 한 푼 안 나오는 연구년을 그것도 평생 한 번 주면서 큰 선심이라도 쓰는 듯 이러쿵저러쿵 온갖 것을 물어보는 서류질을 요구했기 때문이다.

그 아니꼬움을 억지로 견디며 무급 휴직을 신청한 까닭은 마음속으로 정해 둔 퇴직 날짜까지 5년여밖에 남지 않았기 때문이다. 물론 법적으로는 정년이 10년 남짓 남았지만 육십 넘어서까지 교직에 남아 있고 싶지 않았다. 생각만으로도 발진이 돋을 것 같다. 더구나 10년이나 더

할 힘도 없다. 교사 겸 작가로 이중생활을 한 지 5년, 세월과 함께 점점 성능이 떨어지고 있는 두뇌가 숨을 헐떡이며 비명을 지른 지 오래다.

정년까지 남은 10년을 딱 반으로 잘랐다. 5년은 교사로 최선을 다하고, 나머지 5년은 작가로 최선을 다하자. 그리고 62세 이후부터는 그동안 수고했으니 인생을 즐기며 살아 가기로 장기 계획을 세웠다.

이렇게 결심을 하고 나니 5년마다 학교를 옮기는 교사로서의 마지막 한때가 꽤 소중하게 느껴졌다. 28년간 꾸준히 달려온 장거리 달리기의 마지막 한 바퀴라고나 할까? 그래서 마지막 한 바퀴를 앞두고 잠깐 쉬어 가고 싶었다. 전업작가의 삶도 한번 경험해 보고 충분히 에너지도 비축한 다음, 마지막 교직 인생을 불사르고 싶었다.

경이로운 여유를 즐기며 이런저런 계획을 세웠다. 책도 많이 읽고, 많이 읽는 만큼 글도 많이 쓰고, 여행도 많이 가고, 피아노 연습도 꾸준히 하고, 10년 넘게 손과 발을 놓았던 무술도 다시 수련하고, 일본어도 공부해서 나쓰메 소세키나 엔도 슈사쿠를 원서로 읽고. 하지만 대부분의 아름다운 계획이 그렇듯 휴직 개시 두 달 만에 책 읽기와 글 쓰기 외에는 물거품이 되었다.

그래도 남들 제일 바쁜 3월, 2박 3일 후쿠오카 여행을 계획했다. 주중 외국 나들이는 평생 처음이라 설레는 마음으로 그날만 와라 하고 기다리고 있었다.

그런데 간을 소립자 수준으로 쥐어짜는 뉴스가 잇따라 포털 사이트 초기화면을 도배했다.

'항공기 추락 사고, 탑승객 전원 사망.'

'이륙하고 2분 만에 교신 끊겨져.'

'보잉사 737맥스 기체 결함 의혹에 무응답.'

아니, 이건 또 무슨 날벼락인가? 추락이라니?

암벽 등반 도중 추락 사고를 겪은 이래 심각한 외상 후 스트레스 장애에 시달렸던 내가 제일 무서워하는 단어가 바로 추락이다. 그런데 비행기가 추락했다고? 차라리 미사일이나 맞고 폭발하면 단번에 숨통이 끊어지지만 추락이라니?

주저없이 예약 취소 메뉴를 열었다.

아뿔싸! 제일 저렴한 항공권이라고 덮어놓고 샀더니 일정도 변경 안 되고, 취소 수수료가 90퍼센트나 되는 고약한 옵션이 달려 있는 것이다. 게다가 사고가 난 비행기와 같은 기종이었다.

할 수 없이 항공사에 이런 경우는 천재지변에 준하여 그냥 취소해 주어야 하는 거 아니냐고 항의 메일을 보냈다. 항공사에서는 취소 수수료는 면제해 줄 수 없고, 내가 탈 비행기는 사고 난 비행기와 다른 모델이라는 나름 합리적인 해명을 했다. 하지만 항공사 말만 믿을 수는 없지 않은가? 더구나 저 항공사는 지난해에 엔진에 불붙은 상태로 김포에서 제주도까지 날아가 승객은 물론 관제사들까지 공포에 떨게 만들고, 사주의 딸이 임원에게 고함을 치며 물컵을 집어던진 제정신이 아닌 회사다.

항공사의 메일만으로 안심하지 못하고 수십 개나 되는 관련 기사를 뒤졌다. 영어로 된 기사, 일본어로 된 기사까지 다 찾아 읽었다.

그제야 추락 사고의 전말이 정리되었다. 보잉사가 737 기종을 737맥스로 업그레이드하는 과정에서 추가한 변경 사항을 조종사들에게 충분히 알리지 못했고, 그런 가운데 조종사가 737맥스를 기존의 737처럼 조종하다 일어난 사고였다. 그러니 이 업그레이드가 적용되지 않은 보잉737 구형 기종은 이 사고와 아무 관계가 없다. 한마디로 후쿠오카에 다녀와도 된다.

이렇게 불안의 그림자가 가시자 이번에는 긍정적인 정서가 기지개를 폈다. 나는 원래 쉽게 행복해지는 사람이다. 소확행이라는 말이 유행하기 10년 전부터 그랬다. 아무리 어려운 상황에 처해도 스트레스를 받는 대신 그 속에서 조금이라도 긍정적인 면을 찾아 정신 승리의 연료로 지피는 그런 사람이다.

그런데 이번에 피어오른 긍정적인 정서는 평소와 좀 달랐다. 단순히 긍정적인 생각, 행복감 같은 게 아니라 그보다 한결 고결한 마음, 칸트가 들으면 좋아했을 만한 그런 마음이었다. 다름 아닌 존경심. 항공기 엔지니어에 대한 존경심.

같은 기종에 적용된 작은 업그레이드가 수백 명의 목숨이 오락가락하는 무서운 차이를 만들어 냈다. 이 민감한 비행기를 만들고 정비하는 기술자들은 얼마나 더 대단한 존재인가? 존경하라, 경배하라. 모든 항공 기술자들을.

그 순간 이름 하나가 떠올랐다.

우민규. 둥글넓적한 얼굴, 떡 벌어진 어깨, 하얀 얼굴, 가늘게 째진 눈과 입가에 교묘하게 스며 있던 미소 혹은 냉소를 걸고 다녔던 재미있는 녀석. 5년 전에 담임을 맡아서 졸업시킨 녀석이다.

민규를 만난 학교는 서울의 어느 공단지역, K동에 있었다. 공단이라고는 하지만 온통 공장들로 가득한 그런 곳은 아니고, 한때 공장이었던 곳을 개조한 힙한 카페와 레스토랑이 공장들 사이에 섞여 있는 묘한 동네였다.

그 이색적인 공간에는 힙한 곳을 찾아오는 세련된 힙스터들과 공장들을 기반으로 살아가는 노동계급 혹은 그 이하의 계급과 자녀들이 마구 뒤섞여 한국 사회의 모순을 한눈에 보여 주었다. 이 나라의 사회학적 디오라마라고나 할까?

사실 그 힙 플레이스라는 곳들 역시 이른바 복고 바람을 타고 생긴 것이라 공장과 별로 구별되지 않았다. 낡고 누추했다. 마치 누가 누가 먼저 무너지나를 놓고 서로 경쟁이라도 하는 것 같았다. 그 무너져 가는 건물들 사이에서 유일하게 번듯한 현대식 건물이 바로 학교였다. K동은 그런 곳이었다.

그 학교에 발령받고 부임한 첫 한 달 동안 겪어야 했던 문화 충격은 충격과 공포를 넘어 화염과 분노를 느끼게 할 정도였다. 하지만 이 학교에서 보낸 5년이라는 시간은 그동안 내가 얼마나 견문이 좁은지 확인시켜 준 귀중한 시간이기도 했다.

사실 나는 이런 학교에 부임하게 된 것을 펄쩍펄쩍 뛰어다니며 기뻐

해야 마땅했다. 아는 사람은 이미 다 알고 있는 사실이지만 나의 정치적 성향은 꽤 왼쪽이고, 여기저기서 왼쪽 발언을 꽤 많이 했기 때문이다.

그런데 막상 학교는 늘 강남권을 맴돌았다. 사는 곳이 그렇다 보니 근거리 발령이 났고, 굳이 거주지와 먼 곳으로 출퇴근할 마음은 없었다. 그렇게 23년간 강남·송파에 있는 학교에서 가르치고, 강남·송파에서 살고, 강남·송파 안에서만 생활했다. 서울 안에서 노동계급이 많이 사는 지역은 지명으로만 알고 있을 뿐, 실제 가 본 경우는 거의 없었다.

그런데 진짜 노동계급이 살고 있고, 진짜 노동계급의 자녀들을 가르치는 학교로 발령이 났으니 얼마나 다행인가? 이제야 제대로 보람 있는 교육을 할 수 있게 된 것 아닌가? 당연히 기쁨에 가득 차고 의욕이 들끓어야 했지만 그러지 못했다.

마음을 아무리 그렇게 먹어도 몸에 밴 습관, 문화는 어쩔 수 없었다. K동에만 가면 몸에 맞지 않는 옷을 입은 것 같았다. 그 불편함은 대치동이나 잠실에 가면 언제 그랬냐는 듯이 사라졌다. 그렇다고 마음이 편한 건 아니었다. 그동안 내가 패션 좌파, 아니 말만 번드르르한 위선자에 불과했음을 자꾸 깨닫는 것이 뭐 그리 편안한 경험이었겠는가?

특히 학교 주변이 공장 밀집 지역이라 더 그랬다. 공장이라고 하니 굴뚝이 솟아 있고, 거대한 기계들이 왕왕 돌아가는 그런 공장을 생각하겠지만 사실은 사무실 한두 칸 정도 크기의 작은 공간에 기계 한두 대 들여 놓은 공장들이었다. 그리고 거기서 부지런히 일하는 대여섯 명 중 한 사람이 사장이며 제일 막내를 빼면 다들 회사 간부라 여름이면 사장님, 이사님, 부장님, 과장님, 대리님, 그리고 미스터 김이 목에 수건 걸고 웽웽거리며 불꽃을 튀기는 기계를 굴려 쇳덩이를 깎고 갈아 뭔가를 만들어 대는 그런 공장들이었다.

문제는 무엇을 만드는지 이 공장들에서는 늘 째지는 금속성 파열음이 들렸고, 온종일 매캐한 유기용제 냄새가 흘러 다녔다는 것이다. 처음에는 귀청이 찢어질 것 같은 소리에, 구역질이 날 것 같은 냄새였지만 나중에는 익숙해져 거의 자연상태처럼 느껴졌다.

나는 승용차로 출퇴근하지 않는다. 좌파답게 지구 온난화를 막기 위해 온실가스 배출을 줄이겠다는 갸륵한 뜻에서다. 그걸 빌미로 도덕적 우월감을 즐기기도 했다. 고급 승용차에 자신의 정체성을 거는 그러나 실제로는 나보다도 재산이 적은 중산층을 비웃으면서.

하지만 걸어다닐 수 있다는 것이, 걸어다닐 수 있는 동네에 산다는 것이 오히려 사치라는 것을 알지 못했다. 공원이나 다름없을 정도로 푸르른 나무들이 늘어서고 봄이면 꽃 향기가 나는 쾌적하고 넓은 인도를 걸어다니면서 '역시 지구를 위해 우린 걸어 다녀야 해. 온실가스 미세먼지 뿜어 대며 자동차에 매달린 어리석은 것들을 빨리 깨우쳐야 할 텐데'라고 우월감에 젖어 있었던 것이 마치 "빵이 없으면 케이크를 먹으면 되잖아?"와 비슷한 생각이었던 것이다.

화학약품 냄새가 매캐하게 나고 인도와 차도의 구별도 없는 비좁은 길에 사람, 차, 손수레, 오토바이가 마구 뒤엉켜 있는 틈바구니를, 그마저도 더 비좁게 만들어 놓은 기름 시커멓게 묻은 각종 공구류, 기계 부품을 피해 다니며 걸어다녀 보니 지구고 환경이고 아무 생각이 나지 않았다.

더구나 비까지 쏟아지면 내용물을 가늠하기 어려운 탁한 색깔의 용액이 철철 흘러넘쳤는데, 보는 것만으로도 발등이 가려웠다. 내가 자동차 없이 생활할 수 있었던 것은 검소하고 환경친화적이고 부지런하다는 것을 증명한 것이 아니라 정돈이 잘되어 있고 녹지가 풍부한, 한마디로 집값이 비싼 지역에 살고 있다는 것을 증명했을 뿐이었다.

무엇보다 노동계급의 운전 문화에 적응하기 어려웠다. 보행자를 신경 쓰고, 사람이 건너려 하면 속도를 줄이는 운전 문화는 한국의 문화가 아니었다. 단지 강남이라는, 특히 송파라는 특정 지역 특정 계층의 문화에 불과했다. 속도를 줄이기는커녕 여성의 생식기를 비하하는 욕설을 내뱉으며 달려드는 것이 다름 아닌 노동계급의 운전 문화였다. 넓고 쾌적한 인도와 보행자를 위해 멈추거나 서행하는 차량들 사이를 유유자적하며 걸어 다니던 몸에 밴 강남 스타일 덕분에 질주하는 1톤 트럭에 부딪혀 크게 다칠 뻔하기도 했다.

"야, 이 아저씨야! 똑바로 보고 다녀!"

자기가 보행자 추돌 사고를 낼 뻔했는데 사과는커녕 오히려 욕을 하는 어느 노동자, 나보다 적어도 10년은 어려 보이는 그런 노동자의 트럭을 아무 감정 없이 보내고 나니 입만 열면 "노동자를 위하여! 노동자가 주인 되는 세상을!"이라고 외쳐 댔던 30년 전 젊은 시절이 억울하게 느껴지기까지 했다.

그런데 30년 전이 억울했을 사람이 과연 나뿐이었을까? 아니, 나는 억울해할 자격이 있을까?

우리나라 역사상 급진 노동운동이 가장 활발했던 1989년. 그때 나는 대학교 3학년, 이른바 운동권 학생이었다. 운동권 중에서 가장 급진적인 좌파 계열 '노동계급', 일명 엘클의 서울대학교 지부 연대국에 속해 있었다. 처음에는 철거촌 등을 다니면서 도시 빈민과 급진적 학생운동의 연대투쟁을 조직했다. 나중에는 노동조합 활동가들과 자주 만나면서 노동자와 학생의 연대투쟁을 조직하는 자리로 옮겼다. 특히 내가 담당한 일은 교육이었다. 사범대 학생이라 그랬는지는 모르겠지만, 노동조합 활동가들로부터 젊은 노동자들을 소개받아 이들에게 마르크스-레닌주의의 세례를 주는 것, 그리하여 이들이 장차 프롤레타리아 혁명을 이끌어 갈 전위 투사로 성장하도록 하는 것이 나의 주요 임무였다. 이렇게 말하면 무시무시하게 들리겠지만 실제로 하는 일은 저녁 무렵 공단 지역에서 지역 노동조합 활동가들하고 술 마시며 이야기하는 것, 그리고 뜻이 맞는 사람들이 생기면 급진적인 내용을 담은 팸플릿이나 책을 나누어 주고 정기적인 공부 모임을 조직하는 것이었다.

공부 모임 장소는 봉천동에 있는, 음대 다니던 친구의 스튜디오 겸 자취방인 어느 오피스텔이었다. 나는 강의실보다 그 오피스텔에서 더 많은 시간을 보냈다. 공단이 아니면 오피스텔을 오가느라 나중에는 아예 학교에 가지 않는 날도 많았다.

공단에서 많은 시간을 보냈지만 정작 공장 안에서 어떤 일이 일어나고 있는지 잘 몰랐다. 그때는 대학생이 공장 안에 들어가려 했다가는 당장 공안 부서에 끌려가 두드려 맞던 시절이었다. 공단에는 갔지만 공장에는 가지 않았고, 노동운동가는 만났지만 노동자는 만나지 않았다. 그때는 그 차이를 몰랐다.

당시 오피스텔에 자주 드나들던 노동조합 활동가 중에 정상권이라는 녀석이 있었다. S정밀이라는 회사에서 일하고 있던 상권이는 나보다 한 살 어린 경력 2년차의 선반 기술자였다. 겨우 한 살 차이인데도 녀석은 나를 꼬박꼬박 형이라 불렀고, 나도 녀석을 상권이라고 불렀다. 상권이는 가장 열심히 학습했고, 가장 열심히 분노했으며, 또 가장 열심히 투쟁했다.

당시 파업은 그냥 파업이 아니라 전투였다. 파업을 하면 노동자들은 일 안 하고 집에 가는 게 아니라 회사를 지키고 있어야 했다. 그래야 회사가 고용한 대체 노동자 혹은 조합원 중 이탈자의 출근을 막을 수 있었다. 그러면 회사는 일명 '구사대', 한마디로 조폭을 고용하여 노동자들을 회사 밖으로 끌어냈는데, 때로는 경찰이 구사대 속에 섞여 있는 경우도 많았다. 노동자들도 고분고분 당하지만은 않았다. 사수대를 편성해서 구사대와 그야말로 치열하게 싸웠다. 상권이는 바로 그 사수대로 맹활약했다.

나는 녀석을 '투사'였는지 '전사'였는지 모르겠지만 하여간 그런 비스무레한 말로 불러주며 마구 추켜세웠다. 당시 유행하던 민중가요 〈파업가〉를 부르며, 아니 고래고래 소리질러 가며 서로 어깨를 걸고

"우리는 동지!" 하며 으쌰으쌰 했다.

> 흩어지면 죽는다
> 흔들려도 우린 죽는다
> 하나 되어 우리 나선다
> 승리의 그날까지
> 지키련다, 동지의 약속
> 해골 두 쪽 나도 지킨다
> 노조 깃발 아래 뭉친 우리
> 구사대 폭력 물리친 우리
> 파업 투쟁으로 뭉친 우리
> 해방 깃발 아래 나선다

　상권이는 가사처럼 동지의 약속을 지켰다. 해골이 두 쪽 나지는 않았지만 목이 잘렸다. 끝까지 비타협적인 강경파에 남아 있었기 때문이다. 블랙리스트에 들어갔는지 재취업도 쉽지 않았다. 그래도 상권이의 얼굴은 밝았다. 어쩌면 내가 원하는 것만 보았는지도 모르겠다. 혹은 상권이가 내가 원하는 얼굴을 만들어 보여 준 것일 수도 있다.

　상권이의 속마음이야 어찌 되었건 내가 딱히 해 줄 수 있는 일은 없었다. 같이 술 마시며 위로해 주고, 프롤레타리아 혁명이 일어난 세상을 함께 상상해 보는 것밖에는.

우리는 혁명 이후의 세상을 상상하며 저 먼 자유와 평등에 나라에 마음의 닻을 내리고, 박노해의 「아름다운 고백」이라는 시를 토대로 만든 〈고백〉이라는 노래를 함께 부르며 공단 뒷골목의 포장마차 사이를 갈짓자 걸음으로 호기롭게 헤집고 다녔다.

> 사람들은 날더러 신세 조졌다 한다
> 동료들은 날보고 걱정된다고 한다
> 사람들아 사람들아 나는 신세 조진 것 없네
> 노동자가 언제는 별 볼 일 있었나 찍혀 봤자 별 볼 일 없네
> 친구들아 너무 걱정 말라 이렇게 열심히 살아가지 않는가
> 노동운동 하고 나서부터 참삶이 무엇인지 알았네

거짓말!

몽땅 거짓말이다.

상권이는 정말 그 노래처럼 살았다. "참삶이 무엇인지 알았노라"며 그 어린 나이에 목놓아 외쳤다. 그런데 막상 찍히고 나니 노동자도 별 볼 일 있었다. 오히려 찍히고 나니 생각보다 훨씬 더 별 볼 일 있었다. 노동자라서 더 별 볼 일 있었다.

박노해는 어차피 착취당하는 노동자 자리 좀 짤린다 한들 뭐 어때 여기서 뭐 더 나빠질 거나 있나, 이런 생각을 한 모양이다. 그런데 막상 그 별 볼 일 없는 노동자 자리를 잃고 나니 당장 생존의 문제가 다가왔다.

상권이는 찍히고 나자 제일 먼저 방부터 빼서 옮겨야 했다. 자존심 때문인지 어디로 옮겼는지 한사코 가르쳐 주지 않았다. 전에는 자취방에 선배들을 불러 소주잔도 기울이고 했었는데 말이다.

그래도 상권이는 계속 바쁘게 살았다. 공부 모임에도 꼬박꼬박 나왔다. 다시 별 볼 일 없는 노동자가 되기 위해 일자리도 부지런히 찾아다녔다. 하지만 그 별 볼 일 없는 노동자 자리가 쉽게 찾아지지 않았다. 일단 찍히고 나니 그 노동자 자리는 별 볼 일 있는 정도가 아니라 별 따기 같은 자리가 되어 버렸다.

아무리 소주잔 들이붓고 신세 조진 것 없다고 목 놓아 노래 부르며 젓가락을 두드려 본들, 상권이가 신세 조졌다는 것이 너무 분명해 보였다. 더구나 내가 참삶이랍시고 속삭였던 그 꿈같은 삶 때문에.

그때 속삭였던 꿈을 정작 나는 알고 있었을까? 대체 나는 무슨 꿈을 꾸고, 상권이는 무슨 꿈을 꾸었을까? 우리가 같은 꿈을 꾸긴 했을까?

별 볼 일 없이 찍힌 지 석 달 만에 월세 낼 돈도 궁해진 상권이는 결국 오피스텔에 와서 살다시피 했다.

"형, 내가 마르크스 책 중에서 제일 좋아하는 대목이 뭔지 알아요?"

오피스텔 신세를 지게 된 지 한 달 정도 지났을 무렵, 상권이가 너구리 잡듯 담배를 피워 대며 말했다. 이미 소주도 한 병 이상 마셔서 서로 얼굴이 불그스레해진 상태였다.

"뭔지 아냐고요?"

상권이가 술기운 때문인지 좀 세게 다그쳤다. 불쾌해진 얼굴이 30도각도 위로 기우뚱했고, 초점은 꽤 먼 곳에 마치 오피스텔 벽을 뚫고 총총한 별이라도 보는 것 같았다. 어찌 보면 몹시 감동한 듯 보였고, 달리 보면 향정신성 의약품을 한 움큼 삼킨 것 같은 모습이었다. 시라도 한 수 뱉어 내던가 노래라도 한바탕 부르지 않으면 안에서 녹아 무너질 것 같은 위태로운 모습이었다. 이도 저도 아니면 엉엉 눈물을 쏟아내든지. 안 그래도 상권이는 걸핏하면 눈물을 쏟는 소문난 울보였다.

"엉엉. 그날은 언제 와요? 어헝……."

여럿이 어깨 걸고 〈그날이 오면〉 같은 노래를 부르기라도 하면 2절 중간쯤에 이러면서 어김없이 엉엉 눈물을 쏟았다.

11월 13일, 연세대학교 노천강당을 가득 메운 전노협 노동자들의 수만 개의 팔뚝질을 보고도 역시 눈물을 흩뿌리며 오열했다.

"혁명이, 혁명이 다가오고 있어요! 노동자가 주인 되는 날이 오고 있어요!"

하지만 선배 노동자들의 반응은 그다지 우호적이지 않았다.

"남자 새끼가 계집애처럼 질질 짜고!"

남성 우월주의가 만연한 노동운동판에서 눈물 많은 상권이는 별로 좋은 대접을 받지 못했다. 그래서 이른바 투쟁 현장에서는 더 적극적이고 과격하게 나섰는지도 모른다. 자신을 입증하고 싶어서.

"봐라, 내가 이래도 싸나이가 아니냐?"

어쨌든 이 녀석이 이렇게 잔뜩 부풀어 올랐을 때는 시든 노래든 뭐라도 뱉게 해야 했다. 안 그러면 금세 얼굴을 눈물범벅으로 만들 것이며, 최악의 경우 그 얼굴을 내 가슴이며 어깨에 비벼 댈 것이니 말이다.

하는 수 없이 마지못해 물어본다는 티를 숨기지 않고 말했다.

"뭔데? 들려줘 봐."

상권이는 알고 그러는지 모르고 그러는지 나의 시큰둥한 반응에도 화들짝 반응했다. 얼굴을 활짝 펴고 마치 레시타티브 끝나고 아리아 초입 준비하는 테너 같은 표정을 지으며 눈을 지그시 감았다.

"자, 들어봐요. 나 완전 감동 먹었으니까. 흠, 흠. 핫, 핫."

헛기침으로 목청을 다듬고서 눈을 지그시 감고 읊어 대기 시작했다. 아예 다 외우고 있었던 것이다.

"아무도 하나의 배타적인 활동 영역을 갖지 않고 저마다 자신이 원하는 분야에서 일을 할 수 있는 공산주의 사회에서는, 사회가 전반적인 생산을 조정하므로 오늘은 이 일을, 내일은 저 일을, 즉 아침에는 사냥하고, 오후에는 낚시하고, 저녁에는 소를 몰며, 저녁 식사 후에는 비평을 하면서 그러면서도 사냥꾼으로, 어부로, 목동으로, 비평가로 되지 않는 일이 가능하게 된다."

"아, 그거 『독일 이데올로기』에 나오는 말이네."

"역시 형은 딱 듣고 바로 아네. 솔직히 무슨 말인지 너무 어려운 책이긴 한데요."

"책이 어려운 게 아니라 애초에 쓰다 만 원고 뭉치에 불과하니까 그걸 읽고 바로 이해하는 게 이상한 거지."

"아, 그렇구나. 그럼 내 대가리가 나빠서 못 알아들었던 건 아니네.

뭐, 상관없어. 난 저 대목에 딱 꽂혔으니까. 공산주의라는 게 국민윤리 시간에 배운 그런 게 아니었다는 거 알았으면 그걸로 됐지 뭐. 멋지잖 아요? 사냥하고 낚시하고 비평하고."

"그러냐? 내 생각은 좀 달라. 잘 생각해 봐. 그 대목에 나오는 그 사람 말이야. 그 사람은 노동을 하지 않아. 아, 물론 사냥, 낚시, 소몰이, 비평 은 하지만."

"그렇죠 뭐. 그 사람 노동 안 하죠. 선반질도 안 하고, 밀링질이랑 보 링도 안 하고, 연삭·절삭·프레스·단조 이딴 거 다 안 하죠. 누가 그걸 하고 싶겠어요? 세상만 확 바뀌어 봐요. 나도 폼 나는 일 하고 살 거라 고요."

"노동이 폼 나는 일이 되고 노동이 대접받는 세상이 아니라?"

"에이, 노동이 무슨 폼이 날 수 있어요?"

"아니, 노동이 폼이 왜 안 나는데?"

"쇳가루 마시면서 기름칠하는 게 무슨 폼이 나요?"

"그보다 폼 나는 게 어디 있는데? 세상을 움직이는 거잖아? 세상이 살아 숨 쉬게 만드는 거잖아? 아니, 넌 노동을 뭐라고 생각하는 거야?"

생각해 보니 참 한심한 말을 했다. 과거로 시간여행을 할 수만 있다 면 노동자 앞에서 노동의 의미를 가르치려 드는 저 대학생 놈의 건방진 주둥아리에 주먹으로 연타를 날리고 싶을 지경이다. 스물셋밖에 안 처 먹은 놈이 꼴에 맨스플레인이라니.

"뭐긴 집에 돈 없어 먹고살자고 하는 짓이 노동이죠. 나도 집에 돈만 있었으면……."

하지만 맨박스에 갇혀 있었던 스물셋의 나는 상권이가 하는 말을 전혀 듣지 않고 노동에 대해 가르치는 말만 계속했다. 마르크스까지 끼워서.

"같은 『독일 이데올로기』에서 마르크스는 이렇게 말했어. 우리에게 공산주의란 달성해야 할 미래의 상태가 아니다. 우리는 현재의 상태를 지양하는 현실의 운동을 공산주의라 부른다. 어떤 미래의 이상향을 그려 놓고 거기 현실을 끼워 맞추는 건 제대로 된 공산주의가 아니야."

"내 귀엔 똑같은 얘기로 들립니다."

"어떻게?"

"난 온종일 1년 365일, 그리고 앞으로도 10년이고 20년이고 선반이나 돌리는 지금이 싫다고. 나만 싫은가? 김씨 아저씨도 장 반장님도 다 싫어해요. 아, 물론 지금은 그 선반 돌리는 자리라도 좀 났으면 좋겠지만. 여튼, 난 선반질이 싫다고요. 그럼 안 해도 돼야 하잖아? 싫어하는 일 안 해도 되는 세상 만드는 거, 좋아하는 일 하면서 살아도 되는 세상 만드는 거, 그거 결국 현재 상태를 지양, 지양 이게 확 바꾼다는 뜻이겠죠? 그거 결국 공산주의다, 이 말이잖아요?"

"노동계급이 사회의 주역이 되어야 세상을 바꾸는데 넌 어떻게 노동운동의 목표가 노동 안 하는 거라고 말하냐?"

"그러는 형은 노동할래요?"

"당연한 소리. 노동 안 하고 사는 사람은 부르주아밖에 없고, 난 부르주아가 아니니까."

"그러니까 어디 회사원 되어서 양복 입고 회전의자 앉아 서류에 도장이나 빵빵 찍는 그런 일 하면서 사무직 노동자다 그러겠다고?"

"회사원 될 생각 없어. 물론 회사원도 노동자라고 생각하긴 하지만."

"그럼 학교 선생은? 아, 맞다. 형은 선생 하겠네. 회사원 안 하면 교사든 교수든 선생 할 거잖아? 솔직히 회사원보다 더 우아한 거 아닌가? 뭐 아니라도 어차피 서, 울, 대, 학, 교 나와서 선반 돌리고 밀링 굴리고 할 거냐고?"

술이 어지간히 올랐는지 한 살밖에 차이 안 나는데도 부담스러울 정도로 꼬박꼬박 쓰던 존댓말이 사라졌다. 그렇다고 저 반말이 편하자고 하는 소리로는 들리지 않았다. 오히려 "야, 너 왜 이래? 잘하면 한 대 치겠다" 이런 말이 튀어나오게 만드는 그런 반말이었다.

상권이가 잘하면 한 대 칠 기세로 계속 주억거렸다.

"이봐요, 형. 나 말이야. 내가 왜 혁명을 꿈꾸는지 알아? 나도 혁명 일어나면 형처럼 공부할 수 있다고. 대학 갈 수 있다고. 아버지가 은행장 아니라도 서울대 갈 수 있다고. 그럼 이 선반질, 밀링질 다 때려치우고 기계밥 기름밥 안 먹고, 책 뒤지고, 분필 만지면서 폼 나게 살 수 있다고. 형은 무슨 선생 하는 걸 큰 손해 보는 것처럼 말하는데, 난 말이야 국민학교 때부터 선생이 꿈이었어. 그런데 왜 못한 줄 알아? 우리 집은 대학 등록금은커녕 당장 먹고살 돈도 없었거든. 나 연합고사 180점 받고도 공고 갔어. 왜 그런지 알아? 그래야 장학금 받고 다니니까. 그러다 보니까 대가리가 굳어서 공부고 나발이고 안 되더라고. 난 노동이 싫어. 아니, 노동자가 싫다고."

그다음은 잘 기억이 나지 않는다. 하여간 그런 잘못된 생각, 반노동 계급적 감상주의를 교정해 주려 애썼다는 것밖에. 하지만 교정은 실패했다. 교각살우가 딱 맞는 말이었으리라. 상권이가 이렇게 말하고 말았으니.

"아, 씨발. 진짜 말 많네."

그리고 상권이는 벌떡 일어나 오피스텔 밖으로 뛰쳐나갔다. 쫓아 나갈까 했지만 또 맨박스가 발동하면서 일어서던 엉덩이를 주저앉혔다. 그래 봐야 어디 가겠어? 이런 목소리가 악마처럼 속삭였다.

그렇게 잠시 기다렸다 나가 보았지만 당연히 상권이는 어디에도 보이지 않았다. 그게 상권이를 본 마지막이 될 거라고는 그때는 물론 이후에도 생각하지 못했다. 하지만 그날 이후 상권이 소식은 누구도 듣지 못했다. 죽었는지 살았는지도.

그렇게 상권이는 사라졌고, 나는 노동운동판에서 빠져나와 출신 성분에 맞는 경로로 재진입했다. 교사가 되고, 대학원에 다니고, 박사가 되고, 저술활동을 하고.

그리고 거의 30년 만에 K동에 발령받으면서 다시 공단지역에 발을 들여놓게 된 것이다. 지난 30년 동안 이쪽에는 놀랄 정도로 발길도 관심도 끊고 살았다. 상권이는 물론 상권이를 다시 보지 못했다는 생각조차 잊어버렸다.

내 생활 공간은 30년 내내 고속터미널역-잠실역-올림픽공원-예술의 전당을 연결하는 사각형 범위 밖을 넘어가지 않았다. 그랬던 것에 대해 아무런 미안함도 가책도 느끼지 못하고 그렇게 살았다. 그러다 이 학교에 발령받고 억지로 묻어 두었던 양심의 가책이 폭포처럼 쏟아져 내렸다.

아이들은 낯설었다. 일단 강남 아이들보다 몸집이 컸다. 말을 많이 했고, 목소리가 컸으며, 비명 치듯 감탄사를 내뱉었다.

무엇보다도 당황스러운 건 교사에게 계속 말을 걸었다. 할 말이 없으면 인사라도 했다. 좋아하는 교사 몇 명 외에는 웬만하면 교사를 피하려고 하던, 혹은 자기들이 인정하는 엘리트 교사들하고만 이야기하려고 들던 강남 아이들과 딴판이었다. 교사라고 생겨 먹었으면 아무한테나 달라붙었고, 유대 관계를 맺으려 했다. 그게 더 내 마음을 안 좋게 만들었다.

그런데 우리 반에 그런 아이들과 다른, 예사롭지 않은 눈빛을 가진 아이가 있었다. 몸집은 그리 크지 않았지만 왠지 한 주먹 할 것같이 생긴. 교사에게 말 한 번 더 걸어 보려고 살랑거리는 아이들을 살짝 깔보는 듯한 모습으로 등을 뒤로 살짝 누이고 다리를 쭉 뻗고 앉아 있는.

25년 교직 경력이 즉시 경보를 발령했다.

이크, 이거 트러블 메이커 하나가 우리 반에 걸렸구나.

하지만 경보는 양치기 소년이 되었고, 나의 25년 경력은 조롱거리가 되었다.

우민규, 그 녀석은 의외로 아무 문제 없이 착실하게 학교에 잘 다녔다. 수업 태도도 좋았다. 간혹 아이들 앞에서 보스 노릇을 했지만, 폭력적이긴커녕 욕설 한마디도 하지 않았다. 예의도 발라서 언제나 교사들 앞에서는 배꼽 인사와 '―습니다'체를 구사했고 꼭 필요한 말 이외에는 하지 않았다.

그 학교 아이들은 대체로 가정 형편이 어려웠다. 들리는 말에는 서울에서 제일 어려운 지역이라고도 했다. 학원에 다니는 아이들도 별로 없었지만, 학교가 끝나도 집에 잘 가지 않았다. 학교 근방을 어슬렁거리며 놀다가 저녁 무렵에야 집에 갔다. 집에 가 봐야 다 일 나가고, 또 집이라고 해 봐야 홈 스윗 홈과는 거리가 먼 공간이니 오히려 지역에서 가장 쾌적한 건물인 학교를 떠나지 않는 것이다. 물론 방과후 수업 같은 프로그램에는 거의 참여하지 않았다. 그냥 공을 차거나 수다를 떨면서 학교를 배회할 뿐.

말로만 노동계급 타령을 하다 처음으로 그들의 아이들을 만난 나는 고목에 꽃 피듯 없던 열정이 솟아났다. 원래 학급 운영을 적극적으로 하는 편이 아님에도 날마다 아이들을 몇 명씩 데리고 떡볶이를 나눠 먹으며 면담을 했다.

그런데 민규가 혼자 따로 만나 할 이야기가 있다고 했다. 그래서 그 녀석만 날짜를 따로 잡았다.

"저, 원래 이 학교 안 다녔어요. 강전 왔어요."

그러면 그렇지. 한 건 하긴 했구나. 역시 25년 촉은 틀리지 않았다.

"강전이라고? 왜?"

"교권 때문에요."

아이쿠야! 순간 소름이 돋았다. 강전만으로도 후덜덜거리기 시작하는데, 사유가 학폭도 아니고 교권? 녀석을 다시 뜯어보았다. 어딜 봐도 그런 구석은 안 보이는데? 굉장히 정중하게 말하고, 뭔가 다른 아이들보다 어른스럽다면 어른스럽고, 살짝 건방지단 느낌은 있었지만 교권 침해라고?

"솔직히 전 공부가 싫어요. 뭐 좋아한다고 해서 되지는 않지만."

"학교 공부가 싫다는 거지? 공부가 다 싫은 게 아니라?"

"네, 맞아요. 학교 공부가 싫어요. 그러니까 국영수사과 이딴 교과 공부해서 시험 보는 거."

"그럼 좋아하는 공부는 있고?"

"비행기요."

"오호, 파일럿이 되고 싶은 거니?"

"아뇨."

"그럼 승무원? 그래. 너라면 난동 부리는 승객 따위는 한 큐에 제압하겠다."

"아뇨. 비행기 몰거나 타는 거 말고 그냥 비행기가 좋아요."

"그러니까 비행기 몰거나 타는 게 아니라 비행기 자체가 좋다?"

"네. 날아다니는 기계로서 비행기요. 만들어 보고 싶고, 뜯어 보고 싶어요. 그래서 비행기 공부는 열심히 했어요."

그날 거의 한 시간 가까이 온갖 비행기에 대한 강의를 들어야 했다. 각 기종별 특징, 장단점, 항공기의 부품들, 그리고 이 부품들의 기능과 잘못되었을 경우의 위험, 역대 대형 비행기 사고에 대한 분석 결과 등. 비행기 모델들이 어찌나 많은지 이름도 다 기억하지 못하는데 자세한 내용이야 더 말할 나위도 없다. 어쨌든 이 정도면 단지 비행기 오덕 수준은 훨씬 넘었지 싶었다. 비행기 이야기를 듣다 보니 어쩌다 교권 침해 행위를 했는지는 물어보지도 못했다. 그냥 모르고 넘어가기로 했다. 어쨌든 지금은 예의바른 녀석 아닌가?

다음 날부터 민규를 눈여겨봤다. 아니나 다를까 녀석은 틈만 나면 『에어로』 같은 잡지를 보거나 비행기 프라 모델을 조립하고 있었다. 녀석의 사물함에는 수송기, 여객기, 폭격기, 전투기 심지어 우주 왕복선까지 온갖 종류의 비행기 프라 모델이 들어 있었는데, 작은 것들만 갖다 놓은 것이고 집에 훨씬 더 많다고 했다.

"전 특성화 고등학교 갈 거예요. 어차피 대학 갈 생각도 없고 형편도 안 되니까요. H공고 항공 정비과 가서 기술 배운 다음에 자격증 따서 항공사 취업하게요. 그래서 걱정이에요. 내신이 잘 안 나와서."

이렇게 자기 진로를 딱 부러지게 말하는 중학교 3학년은 처음 봤다. 녀석의 내신을 살펴보니, 정말 공부를 많이 해야 할 것 같았다. 2학년 때까지 내신이 80퍼센트 정도였다. 녀석이 가려고 하는 학교는 공고 중에서도 커트라인이 무척 높았고, 특히 항공정비과는 내신 40퍼센트 이내는 되어야 원서라도 내밀어 볼 수 있었다. 참으로 쓸쓸한 아이러니가 아닌가? 학교 공부가 의미 없어서 일반계 고등학교 안 가겠다고 하는데, 학교 공부를 안 하려고 학교 공부를 더 열심해 해야 하는 것이다.

상담을 좀 더 하고 민규 내신을 챙겼다. 워낙 학생들이 공부를 안 하는 학교라서 조금만 신경 써서 공부하면 일단 50퍼센트까지는 갈 수 있었다. 그다음부터는 본인 노력이겠지만.

민규는 정말 열심히 공부했고, 1학기를 마칠 무렵에는 40퍼센트까지 올려놓았다. 기특하고 대견하긴 했지만, 3년간 내신 합산 40퍼센트를 만들어야 하니 좀 더 올려야 했다. 하지만 그 이상은 쉽지 않았다. 아무리 공부 안 하는 학교라 해도 열심히 하는 학생들은 어느 학교나 다 일정 성분비로 있기 때문이다.

아무리 계산기를 두들겨 봐도 내신으로 항공정비과에 가기는 틀렸다. 그렇다면 내신 성적이 나오기 전에 면접과 포트폴리오, 자기소개서 같은 것으로 뽑는 미래인재전형에 밀어 넣는 게 유일한 방법이었다. 그런데 생활기록부를 뽑아 보니 처음부터 틀려먹었다. 무단결석이 5일이나 찍혀 있었다. 이건 뜨악할 일이다. 무단결석이 무려 5일이라니. 미래인재전형은 그냥 포기해야 했다. 특성화 고등학교는 결국 산업노동자를 양성하는 곳이라 다른 무엇보다도 근면성을 중시하고 출결을 가장 중요한 지표로 보기 때문이다. 무단결석이 하루만 있어도 위태로운데 5일씩이나 되면 어서 빨리 나 떨어뜨려 주세요 하고 광고하는 것이나 마찬가지였다. 아, 이것만 어떻게 넘어가면 항공 오덕의 진가를 자기소개서와 면접으로 보여 줄 수 있는데.

혹시나 하는 마음을 버리지 못하고 원서를 썼다. 하지만 면접에 다녀온 민규의 표정은 어두움을 억지로 감추려는 웃는 얼굴을 하고 있었다.

"샘, 제일 먼저 뭐 물어봤는지 아세요?"

"뭔데?"

"무단결석이 왜 5일이냐고 물었어요. 그래서 거짓말 하기 싫어서 사실대로 말했어요."

"사실대로면? 교권 침해로 징계받은 것까지 다 말했다고?"

"네."

이건 솔직한 건가 바보인 건가? 살짝 부아가 치밀었다. 하지만 "그래. 잘했어. 수고했다"라고 말할 수밖에 없었다. 그리고 "에이, 이제 다 틀렸다"라고 말할 수 없어 대신 "또 뭐 물어보디?" 하고 물었다.

"별거 없었어요."

민규는 자신의 비행기에 대한 덕력을 발휘할 기회조차 얻지 못했음에 틀림없었다. 틀림없이 면접 교사는 무단결석의 이유가 교권 침해라는 말을 듣고 바로 불합격을 확정지었을 것이다.

그 학교 선생들을 비난할 생각은 없었다. 솔직히 내가 그 입장에 있었더라도 함께 교류한 경험도 정보도 없고, 알려진 확실한 정보라고는 교권 침해로 사회봉사 5일을 받았다는 것밖에 없는 학생을 선발할 수 있었을까? 나는 마치 자신만 저 피안에 사는 양, 유체이탈해서 다른 사람을 도덕적으로 비난하는 그런 파렴치한 인간이 아니다.

민규는 나보다 멘탈이 강한 아이였다.

"정시 쓸게요."

이렇게 한마디로 상황을 정리했다. 물론 민규 내신으로 정시에 합격할 가능성은 0에 가까웠지만 이미 피차 알고 있는 걸 다시 확인할 필요는 없었다.

"알았다. 원서 쓰자."

이렇게 말할 수밖에.

발표 날짜가 되어 혹시나 싶어 학교에 팩스로 날아온 합격자 명단을 살펴보았지만 이런 일에는 우연한 행운이 잘 일어나지 않는다. 민규의 이름은 없었다.

더구나 민규는 정시 5지망까지 쓰게 되어 있는 정시 지원서에 모조리 항공정비과만 썼다. 여기 떨어지면 다른 과는 안 가겠다는 강력한 의지의 표명이리라. 하지만 입시에 강력한 의지 가산점 따위는 없다. 오직 내신 점수만 있을 뿐이다. 민규는 그동안 초인적인 힘을 발휘하여 80퍼센트이던 내신을 57퍼센트까지 끌어올렸지만 여전히 많이 모자랐다. 아니나 다를까 보기 좋게 낙방했다.

나는 애초에 희망이 없다고 생각했지만 민규는 실낱같은 희망을 걸고 있었던 모양이다. 늘 보스 행세하던 녀석이 그렇게 풀 죽어 있는 모습을 보인 건 처음이었으니.

일자리를 잃은 아버지의 뒷모습이 어쩌니 저쩌니 하는데, 늘 성공 가도만 달렸던 아버지 밑에서 자란 나는 그런 모습을 본 적이 없어 모르겠다. 하지만 민규의 저 축 늘어진 어깨가 아마 그런 모습의 근사치가 아닐까 하는 생각이 들었다.

결국 민규는 일반계 고등학교에 진학했다. 우리 세대 아재들은 도저히 이해 못할 것이다. 아니, 공고를 떨어져서 인문계 고등학교를 가다니? 하지만 인문계 고등학교는 이제 일반계 고등학교가 되었고, 내신 95퍼센트라도 자동문처럼 활짝 열고 받아들이는 학교가 된 지 오래다.

그래도 민규 녀석, 졸업식 때는 밝은 얼굴을 만들어 보이려고 애쓰는 모습이 역력했다. 그 애쓰는 모습이 너무 드러나서 오히려 더 딱해 보였다. 가부장제 사회에서 자란 남자아이답게 약한 모습을 드러내는 것을 부끄럽다고 여기니 저러는 것이리라. 차라리 펑펑 울기라도 했으면 정신건강에 좋을 텐데.

자기가 원하는 디지털미디어과에 떨어졌다고 "어떡해! 나 떨어졌어. 엉엉" 하며 학교가 떠나가라 소리 내어 통곡했던 민서라는 여학생이 떠올랐다. 그날 민서는 적어도 스무 명 이상의 여학생들, 열 명 이상의 선생님들의 따뜻한 포옹과 위로를 들었다.

어쨌든 민규는 다시 보스 노릇에 충실하고 있었다. 소리 소리 질러가며 반 아이들을 줄 세우고, 그룹을 나누고, 포즈를 정해 주며 졸업식 단체사진을 찍었다.

"샘, 같이 찍어요."

민규가 나를 잡아끌었다.

문득 민규 얼굴에 상권이 얼굴이 겹쳐 보였다. 기억은 현재를 기준으로 재구성되며 과거를 조작하고 스스로를 속인다는데, 정말 그런 모양이었다. 민규와 상권이가 무척 닮았다. 정말 닮았거나, 그렇게 내 기억이 나를 속이거나 둘 중 하나겠지.

노동자에서 벗어나고 싶어 했던 상권이. 노동자가 아니라 공부를 하고 싶어 했던 상권이. 돈이 없어서 노동자가 되었노라 말하던 상권이. 그러고 보니 상권이가 결혼해서 아이를 낳았다면 지금쯤 딱 민규 정도였겠다.

상권이는 가난해서 공고를 갔다고 울먹였다. 세상이 확 뒤집히기 전에는 노동자를 면할 수 없다며 하늘을 향해 주먹을 휘둘렀다.

민규는 성적이 안 나와서 공고에 못 가고 어색하게 웃는다. 그래서 일반계 고등학교에 간다.

가난했던 상권이는 노동자가 되었지만, 공부를 못한 민규는 노동자가 될 기회를 잃어버렸다. 그만큼 노동자의 지위가 높아진 것인가? 그럼 그만큼 세상이 바뀐 것이라고 봐도 좋을까? 뭐가 뭔지 모르겠다.

어쨌든 보잉737 오리지널 버전은 안전하다고 하니, 후쿠오카에 다녀올 것이다. 벚꽃이 흐드러지게 핀 다케오 올레길도 걷고, 일본에서 제일 아름답다는 도서관에서 독서도 즐길 것이다. 그리고 원하지 않던 일반계 고등학교를 간 민규 녀석이 어떻게든 노동자가 되어 내가 타고 갈 비행기에 조금이라도 흔적을 남겼으면 좋겠다.

명진이의

수학여행

문제는 상황이다. 상황이 아이들을 악마로 만들기도, 천사로 만들기도 한다. 아이들 자체는 천사도 악마도 아니다. 아이들은 상대방의 고통을 대신할 정도로 착하지 않지만, 고통 앞에 냉담할 정도로 악하지도 않다. 만약 그런 아이가 있다면 교육이 아니라 치료의 대상일 것이다.

다만 알지 못할 뿐이다. 얼마나 괴로운지, 얼마나 힘든지 알지 못할 뿐이다. 설사 들어서 알고 있더라도 느끼지 못할 뿐이다. 그 고통을 알고, 그 고통을 같이 느끼면 아이들은 천사가 된다. 고통은 아이들을 천사로 만든다.

1학기 중간고사를 조금 앞둔 4월 넷째 주 화요일의 일이다. 그날 시간표는 끔찍했다. 교장의 장광설로 쉬는 시간을 다 까먹는 부장 회의가 1교시에 박혔다. 원래 목요일이지만 중간고사 기간이라 앞당겨졌다. 덕분에 1교시 수업이 4교시로 옮겨져 회의 후 4교시까지 내리 수업으로 달려야 했다. 게다가 점심시간에는 급식실 질서 지도 당번. 그러고 나니 다시 6, 7교시 수업.

더구나 날씨까지 제정신이 아니라 5월도 되지 않았는데 기온이 25도를 훌쩍 넘어갔다. 건조한 날씨에 갑자기 기온까지 올라가니 저렴한 콘크리트 덩어리에 불과한 학교 건물은 복사열을 있는 족족 빨아들였다. 학교를 적외선 카메라로 찍었다면 짙은 보라색 건물 안에 붉은 학생들이 움찔거리는 것으로 보였을 것이다.

피 끓는 청춘들이 득실거리는 교실 기온은 이미 30도를 넘은 지 오래지만, 아무것도 할 수 없었다. 에어컨은 필터 점검을 마치지 않아 아무리 스위치를 올려도 바람 소리만 맥없이 내다 꺼져 버렸다. 주무관들이 게으르다고 따질 일은 아니었다. 코트 입고 등교한 게 불과 사흘 전이다. 에어컨 점검할 생각을 누가 했겠는가? 창문이라도 열어 놓으려 했더니 미세먼지 경보 앱이 온통 노란색과 빨간색 투성이. 조금만 열어도 중국발인지 국내산인지 알 수 없는 매캐한 매연 냄새가 목을 쥐어짰다.

결국 바람 한 점 안 통하는 맥반석 사우나 속에서 복사열에 벌겋게 달아지며 7교시 수업까지 마치고 나니 온몸이 문어처럼 흐늘흐늘해졌다. 세월이 그렇게 지나갔다.

20년 전만 해도 땀 뻘뻘 흘리며 7교시 수업 다 하고, 남학생들과 30분 농구 시합까지 하고도 세수 한 번 하고 대학원에 공부하러 갔었는데, 이제는 어림없다. 수업만으로도 진이 다 빠졌다.

셔츠가 파리 끈끈이처럼 등에 달라붙었다. 겨드랑이에서 올라오는 시큼하고 찐득거리는, 발효되기 시작한 땀 냄새는 덤이다. 이 처참하고 지저분한 몰골로 교무실에 들어섰다. 큰 교무실이 아니라 별실을 쓰고 있어서 교무실이라고 해 봐야 나 포함해서 세 명이 쓰는 작은 방이었고, 그나마 그중 한 분은 사서라 주로 도서관에 상주해서 사실상 독실이나 다름없었다.

큰 교무실과 달리 보는 눈도 없고 찾는 사람도 없기 때문에 문 닫아걸고 책상에 다리 올려놓고 딱 10분만 끄덕끄덕 졸 생각이었다. 생각만으로도 행복지수가 올라가기 시작했다. 이런 게 바로 소확행 아니겠는가? 하지만 나의 소확행은 교무실 문을 열자마자 허무하게 무너지고 말았다.

누군가 앉아 있었다. 주인이 거의 찾지 않는 사서 자리에 다소곳이 앉아 있던 누군가가 내가 들어오는 소리를 듣고 용수철처럼 자리에서 일어났다. 나보다 스무 살은 어려 보이는 젊은 여자였다.

하필 이런 몰골을 하고 손님을 맞이해야 하는 상황이 당황스러웠지만, 그 손님이 주는 느낌 자체는 좋았다. 젊어서도 미인이어서도 아니었다. 외모로 따지자면 흔히 말하는 미인과는 영 거리가 멀었다. 깡마른 몸매에 가무잡잡한 피부. 이마는 좁고 광대뼈는 커서 전체적으로 마름모꼴을 한 얼굴. 그 위에 날카롭고 얇게 찢어진 데다 끝이 치켜 올라간 눈.

차림새도 수수했다. 단정한 남색 바지 정장과 더운 날씨에도 꼭꼭 싸매어 입고 있는 옅은 갈색 재킷. 반짝이는 눈동자는 총명한 느낌을 주었고, 입가의 잔주름은 장난기 많은 학생을 연상시켰다. 몸가짐도 단정해서 앉아 있을 때나 섰을 때나 구부러진 구석이 없었고 빼기는 기색도 없었다. 흔히 말하는 커리어 우먼 분위기가 물씬 났다.

누굴까? 나이는 아무리 적게 잡아도 20대 후반은 넘어 보였고, 30대 중반까지는 안 돼 보였다. 중학교 학부모라기엔 너무 젊었다. 그렇다면 99.999퍼센트 확률로 예전에 가르쳤던 졸업생이다.

아니나 다를까, 자리에서 일어난 커리어 우먼이 고개를 까딱하며 인사를 하더니 장난기 가득한 눈빛을 반짝이며 소프라노 목소리로 지저

귀었다.

"어머, 선생님, 너무 그대로세요! 무슨 밀랍 인형 같으세요."

'권오석 선생님이시죠?' 하고 물어보지도 않고 바로 본론으로 들어가다니 어색했다. 하긴 밀랍 인형처럼 보존이 잘되었다고 하니 굳이 물어볼 필요도 없긴 했다. 밀랍 인형, 엉뚱한 비유지만 듣기 나쁘지는 않았다.

"저 기억 나세요?"

아, 이 말은 나쁘다. 졸업생 만났을 때 제일 듣기 거북한 말이다. 기억 못하는 것이 당연한데, 도대체 왜 이런 질문을 빼놓지 않고 하는지 모르겠다.

경력이 20년이 넘어가는 교사라면 이미 졸업식만도 대여섯 번은 치렀고, 거쳐간 졸업생도 천 명을 오르내리기 마련이다. 게다가 그 천 명의 이름은 대체로 거기서 거기다. 동명이인만도 수십 명씩 되는 경우가 많다. 가령 나는 해마다 민서, 현우, 민경이, 예진이를 졸업시켰다. 그동안 누적된 민서, 현우, 민경, 예진이만도 수십 명일 것이다. 그러니 어른이 되어 불쑥 나타나서 "저 민서예요" 이러면 "민서? 어떤 민서?" 이러는 게 당연하다.

그런데도 기억 못하는 것에 미안함을 느끼고 죄인 모드가 되는 쪽은 항상 선생 쪽이다. 모처럼 만난 졸업생인데 기억을 못하다니 이런 느낌. 그러니 이 기억 게임은 완전 비대칭 게임이다.

졸업생들은 자기들이 나를 기억하는 만큼 내가 자기들을 기억할 것이라고 은연중에 전제한다. 하지만 어럼 반 푼어치도 없다. 그따위 기대는 처음부터 접어야 한다.

졸업생이 여학생이라면 더 어렵다. 안 하던 화장을 하고, 각종 장신구를 두르고, 경우에 따라 성형수술까지 해서 중학교 때의 모습은 거의 흔적도 없이 사라지니까. 그런데 알아보지 못했을 때 실망은 여학생 쪽이 훨씬 더 크게 한다. 말은 안 하지만 이미 동공이 흔들리면서 '샘, 실망이에요'라고 항의하고 있다.

그냥 처음부터 "저, 강민서입니다. 1999년에 K중학교 다녔습니다. 그때 선생님한테 국사랑 사회 배웠는데, 3학년 14반에서요" 이렇게 소개하면 서로 간에 얼마나 편할까? 물론 그렇게 말해도 기억 못하는 것은 마찬가지지만 적어도 "어, 민서? 야, 오랜만이다"라고 하면서 능청은 떨 수 있지 않나?

하지만 그런 친절한 졸업생은 아직 만나보지 못했다. 그래서 나도 나름 정당화 기제를 만들었다. 간단하다. 굳이 기억해 내려고 애쓰지 않는 것, 바로 기억 안 난다고 잘라 말하는 것이다.

사실 사람의 두뇌가 관리할 수 있는 인간관계는 150명 정도다. 그러니 중학교 교사는 25명씩 여섯 학급만 들어가도 빈자리가 없다. 오히려 가족이나 친지를 지우며 학생을 기억해야 할 판이다. 그러니 후배를 위해서라도 졸업한 학생은 빨리빨리 교사 머리에서 지워지는 게 예의다. 더구나 기억력이 점점 떨어지는 늙은 교사라면.

만약 졸업생들을 많이 기억하고 있는 늙은 교사가 있다면, 그 사람은 사랑 많은 참스승이 아니다. 오히려 다시 돌아갈 수 없는 어제에 사로잡혀 있는 정체되거나 퇴행하는 교사에 더 가깝다. 현재 가르치는 학생들에게 집중하지 못하고, 좋았던 옛 시절의 제자들만 선별적으로 기억하고 있는 것이다.

신경과학에 따르면, 사람은 현재의 목적에 따라 과거의 기억도 바꾼다. 그러니 그런 교사들의 기억에 남은 훌륭한 제자들, 보람찬 교육의 기억 역시 왜곡되었을 것이다. 그리고 그 시절도 사실 그리 좋은 시절이 아니었을 것이다. 어쨌든 나하고는 거리가 먼 일이다. 나는 늘 지금 가르치는 학생들에게 집중해서 졸업생을 마음속에 오래 남겨두지 않는다. 훌륭한 교사는 학생의 기억에 남을 뿐 학생을 기억하지 않는다.

이렇게 훌륭한 핑곗거리를 찾았으니 주눅들 것 없이 당당하게 말했다.

"미안해서 어쩌지? 기억이 잘 안 나네."

그런데 커리어 우먼은 그다지 실망하는 모습이 아니었다. 오히려 당연히 그럴 줄 알았다는 표정, "어, 너는 아무개구나!" 하고 반겨 준다면 좋겠지만, 그렇지 않더라도 뭔 상관이랴 하는 쿨하기 짝이 없는 얼굴이다.

커리어 우먼이 살짝 미소를 짓더니 얇은 입술을 가볍게 움직였다. 목소리도 가볍게 공기 위를 뛰어다녔다.

"괜찮아요. 워낙 오래전 일이잖아요. 선생님, 저 명진이에요."

그 이름이 얇은 입술을 비집고 나오는 순간 모든 상황이 단번에 뒤집혔다. 재학생에 집중하기 위해 졸업생을 애써 기억하지 않는다고?

허튼소리. 설사 그렇다 하더라도, 저 이름을 잊었다면 진지하게 MRI를 예약해야 한다. 저 이름을 잊는다는 건 치매, 뇌졸증 하여간 그런 거 아니고서는 불가능한 일일 테니 말이다.

"명진이? 도명진?"

그래도 혹시 모르니 다시 한번 확인했다.

"네, 선생님. 저 도명진이에요."

커리어 우먼이 활짝 웃으며 고개를 끄덕였다.

"아아."

온몸의 근육에서 글리코겐이란 글리코겐이 갑자기 다 증발해 버린 것 같았다. 직립 자세를 유지하지 못하고 의자에 풀썩 주저앉았다.

"놀라셨죠?"

명진이가 저지레 쳐놓고 숨기는 아이 같은 표정을 지으며 나를 빤히 쳐다봤다. 중학교 때 자주 지어 보이던 저 개구진 표정이 서른 넘어서도 남아 있다니 신기하기도 하고 반갑기도 했다. 잘 닦은 거울처럼 반짝거리는 눈동자만큼은 중학교 때 모습 그대로였다. 그 눈동자 속에 반사되는 내 모습은 많이 달라졌지만. 나는 고개를 위아래로 끄덕이다 간신히 한마디 던졌다.

"그동안 어떻게 지냈어?"

반갑다는 인사마저 하지 못하고 겨우 이런 한심한 말을 꺼낸 까닭이 있었다. "너 살아 있었구나!"라는 말이 튀어나오려 했기 때문이다. 이걸 목구멍 다 올라가서 급히 붙잡고 다른 말로 대체하자니 이따위 관용구

밖에 나갈 게 없었다. 남자들끼리 툭툭 치면서 "너 살아 있네?" 하는 그런 뜻이 아니라 문자 그대로의 의미였다.

지난 16년 동안 소식이 끊어진 뒤, 나는 정말 명진이가 죽었을지도 모른다고 생각했다. 어쩌면 차라리 죽었다고 생각하고 잊어버리고 싶었는지도 몰랐다. 현재 시점에서 과거를 조작하는 기억력이 이미 세상을 떠난 것으로 스토리를 만들어 놓았던 것일 수도 있다. 어쨌든 나는 명진이가 살아 있을 거라는 생각을 별로 하지 않았다.

명진이는 중학교 3학년 때 겨우 두 달 담임을 했을 뿐, 끝내 졸업시키지 못한 아이였다. 그 기억은 마음 한구석에 잠복한 바이러스처럼 도사리고 있다가 틈만 나면 활성화되어 나를 괴롭혔다. 어느 정도 세월이 지나 활성화되지 않게 되자 안타까움, 슬픔, 그리고 나 자신의 무력함에 대한 분노가 뒤엉킨 커다란 암흑물질이 되어 의식의 수면 아래로 가라앉았다. 하지만 이 암흑물질은 틈날 때마다 날카롭게 일어나 마음에 상처를 냈고, 마음을 지키기 위해 내 무의식은 '기억의 재구성'이라는 방어기제를 발동시켰다. 명진이가 끝내 세상을 떠났을 것이라는 왜곡된 기억은 '어차피 불가항력이었어'라는 핑계를 제공했다.

"저 안 죽었고요. 흐흐."

명진이가 내 마음을 읽기라도 하는 듯 웃으며 말했다. 그랬다. 저 아이는 중학교 때도 내 마음을 슬슬 잘 읽어 내곤 했다.

"학교는 그냥 검정고시 쳤고요, 한양대 컴공과 졸업해서 다음 카카오 다니다 나와서 지금은 블록체인 관련 스타트업 하고 있어요. 블록체인하고 VR을 접목시키는 기술을 연구 중이랍니다."

그 실력은 여전했다. 명진이는 내가 어떤 생각을 하는지, 무엇을 물어보려 하는지 미리 예측한 다음 아무 거리낌 없이 단숨에 대답해 버렸다. 놀랍게도 정말 내가 물어보려고 했던 말과 딱 일치하는 대답이었다.

하지만 아무리 그래도 "저 안 죽었고요"라니. 자기 얘기를 너무 쉽게 하잖아? 이런 말이 튀어 나오려 했지만 16년 만에 처음 하는 말이 잔소리인 건 싫었기 때문에 일단 덕담으로 시작했다.

"야, 대단한데?"

명진이가 단번에 손을 위아래로 흔들었다.

"에이, 아직 멀었어요. 이제 시작인걸요. 하지만 두고 보세요. 샘, 제 꿈이 뭔지 아세요?"

"음, 뭘까?'

"VR 교실을 만드는 거예요. 아, 선생님 도움도 필요해요. 선생님 랜더링해서 VR 교육 콘텐츠 개발하면 어때요? '월 만 원에 오석 샘의 명강의 무제한 시청' 이렇게 말이죠."

"고맙긴 하다만, 너 가르칠 때라면 몰라도 지금은 늙고 체력도 떨어져서 할 수 있을지 모르겠다. 이젠 나보다 훌륭한 젊은 선생님들도 많고."

"늙다뇨? 아까 그랬잖아요. 밀랍 인형이라고. 원형 그대로 잘 보존되어 있답니다. 그냥 30대로 보이세요. 그러니까 빼지 마시고 저하고 같이 부~자 되어 보자고요! 어머, 선생님, 지금."

"하하. 아니야, 아니야. 좀 더워서……."

얼른 땀을 닦는 척하며 촉촉하게 젖어 드는 눈을 서둘러 닦았다.

"참, 와니는 요즘도 연락하시죠? 얼마 전에 와니 책 나온 거 봤는데."

명진이가 재빨리 화제를 돌렸다.

"응. 계절마다 한 번씩은 만나."

와니는 명진이 동급생 중 유난히 나를 잘 따르고 열심히 배우려고 했던 학생이다. 원래 이름은 영완인데, 발음하기 어려워 다들 와니라고 불렀다. 지금은 교사이자 인권 활동가로 아주 맹렬하게 살아가고 있다. 아, 그러고 보니 땅꼬마 와니가 벌써 서른둘이네! 맙소사.

와니의 나이를 새삼스레 떠올리며 세월의 무게를 실감하자, 나의 기억이 맹렬하게 16년 전 S중학교를 재구성하기 시작했다.

*

명진이를 처음 만난 건 16년 전 2학년 2반 교실이다. 당시 명진이는 2학년 2반 부회장이었고, 나는 2학년 4반 담임이면서 2학년 1반부터 7반까지 사회를 담당하고 있었다.

명진이는 첫 수업 시간부터 눈에 확 들어왔다. 유감스럽게도 수업 태도가 너무 나빴다. 깡마르고, 가무잡잡한 얼굴에 도수 높은 안경을 쓰고, 머리를 질끈 동여맨 여학생이 수업 시작하고 10분 동안은 별처럼 초롱초롱하게 수업을 듣다 15분 이후부터는 동서남북으로 말을 걸거나 딴짓을 하면서 수업 분위기를 흐렸으니 눈에 안 들어올 수 없었다.

그럴 때 야단치기 위한 고전적인 전초 단계 '수업 내용 물어 보기'를 시전하면 또 얄밉게도 넙죽넙죽 대답을 아주 잘했다. 혹시 선행 학습일까 싶어서 까다로운 질문도 해 봤지만 그 역시 척척 대답했다. 하긴 누가 사회 과목을 선행학습씩이나 시키겠는가? 나중에 알아보니 13학급 420명 중에서 5등 안에 들어가는 우등생이었다. 그런데 희한하게도 전교 1등은 단 한 번도 못했다고 한다.

금세 어떤 상황인지 알아챌 수 있었다. 나 역시 그런 학생이었으니까. 교사들은 대체로 수업을 두괄식으로 한다. 앞부분에 학습 목표가 주어지고, 중간에 학습 내용이 전개되고, 후반에 정리하는 식으로. 그런데 명진이는 이미 앞부분에서 그날의 학습거리를 다 처리해 버렸던 것이다. 그러니 이미 완결된 문제가 천천히 전개되는 나머지 30분이 얼마나 지루하겠는가? 그게 얼마나 고통스러운지는 나 역시 초, 중, 고, 그리고 심지어는 대학에서도 지겹도록 경험했기 때문에 잘 알고 있었다.

사실 이건 모든 교사의 숙명적인 딜레마다. 탁월한 몇몇 아이들을 위한 수업을 할 수도 없고, 그렇다고 그 아이들을 마냥 팽개칠 수도 없고. 결국 학교 수업이라는 것은 탁월한 몇몇 아이들에게는 시시하고 지루한 것, 뒤떨어진 몇몇 아이들에게는 도저히 알아들을 수 없는 딴나라 이야기가 된 상태에서 평범한 아이들, 표준편차 이내의 아이들을 중심으로 진행될 수밖에 없다. 그것이 공리주의 관점에서 가장 합리적인 선택이기도 하고.

나도 많은 학생을 가르쳐야 하는 공교육 교사로서의 본분을 잊지 않았기 때문에 일단 공리주의적인 선택을 했다. 하지만 다른 교사들과 달리 그런 공교육 학교에서 느끼는 지루함을 감추지 않는 아이들을 버릇없네, 건방지네, 태도가 나쁘네 하고 타박하지 않았다. 오히려 좋아했다. 선생에게 "어이, 당신이 가르칠 게 그 정도뿐이야? 그쯤은 나도 이미 다 알고 있다고!" 이렇게 항변하는 것 같은 그런 아이들의 건방진 표정을 사랑했다.

"공부를 암만 잘하면 뭐 해? 사람이 되어야지."

당시 명진이를 평가하던 다른 선생님들의 일반적인 평가였다.

"아이고, 명진이 말도 마. 시험까지 잘 치니까 오히려 더 밉다니까."

이런 식의 평가도 많았다.

당시 명진이 옆 반이었던 와니는 반대였다. 와니는 늘 수업에 적극적으로 참여했다. 그렇다고 수동적으로 수업 내용을 고분고분 따라가지는 않았다. 수업 시작하고 얼마 지나지 않아 그날 배울 거 다 알아버렸다 싶으면 그때부터 자꾸 질문을 던져 수업을 더 어렵고 깊은 쪽으로 끌고 가려 했다. 반면 명진이는 다 알아 들었다 싶으면 수업을 자기 쪽으로 끌고 가는 것이 아니라 자기가 수업 밖으로 나갔다. 마치 "오늘 해야 할 거 이거 맞죠? 그럼 난 할 거 다 했으니 그만 갑니다" 이러는 것 같았다.

와니는 교사들 사이에 평가가 엇갈렸다. 똑똑하고 열심히긴 한데 선생을 귀찮게 하는 아이, 당황스럽게 하는 아이라는 정도로 받아들여졌다. 열심히 가르치고 싶은 선생은 좋아하고, 대충 시간이나 때우고 싶은, 혹은 부족한 실력을 권위로 은폐하려던 선생에게는 부담스러운 아이였다. 그래도 미워하지는 않았다. "더 가르쳐 줘요, 더, 더!" 이렇게 보채는 학생을 어떻게 미워하겠는가? 무서우면 무서웠지. 그렇다고 수업 시간을 와니 한 사람을 위해 쓸 수는 없었기 때문에, 와니의 어려운 질문들은 대개 방과 후에 교사들과 개별적인 만남을 통해 해결되었다. 결국 무료 보충수업을 받고 다닌 셈인데, 그 보충수업의 대부분은 내가 담당했다.

나는 와니도 명진이도 좋았다. 명진이는 딴에는 또래보다 탁월하다는 우월감을, 심지어 중2병 환자답게 교사들보다도 자기가 우월하다는 느낌을 잔뜩 드러내고 있었지만, 그 모습이 때로는 가소롭기도 하고 깜찍하기도 했다. 어쨌든 명진이한테도 와니처럼 별도의 과제나 읽을거리를 주었다. 그런데 그것도 쉬운 일은 아니었다. 와니는 읽을거리나 과제를 주면 마냥 좋아했지만, 명진이는 단번에 이렇게 대답했다.

"싫은데요? 제가 그걸 왜 해야 하는데요?"

이 말 뒤에는 다음과 같은 말이 생략되어 있었다.

"수업 시간에 해야 할 거 다 했으니 그냥 그걸로 끝내자고요. 내가 머리 좋아서 남아도는 시간은 그냥 내 마음대로 쓸게요."

그것참, 당돌하기 짝이 없었지만, 명진이에게 교육과정에도 없는 내용을 굳이 시킬 근거가 없기 때문에 꿀 먹은 벙어리가 되는 수밖에 없었다.

하지만 나는 포기하지 않았다. 기만적이긴 하지만 벌 주는 형식을 빌리기로 했다. 수업 태도가 나쁘니 평계도 딱 좋았다. 명진이가 수업 시간에 떠들거나 장난을 치면 일단 야단을 치고 그다음에는 까다로운 과제를 벌로 내주었다.

"도명진! 끝나고 교무실로 내려와!"

아마 이게 내가 명진이한테 제일 많이 한 말이 아니었을까 싶을 정도다. 그래서 명진이가 부루퉁한 얼굴로 교무실에 내려오면 한바탕 수업 태도에 대해 야단을 치고 이렇게 관습적인 멘트를 던지면서 과제를 내주었다.

"내일까지 이거 해 놔. 못하면 더 크게 혼날 줄 알아!"

결국 나와 명진이는 단골로 혼내고 벌 받는 험악한 관계가 되었다. 잔뜩 골이 난 명진이는 어쩌다 나와 마주치면 인사도 하는 둥 마는 둥 했고, 수업 시간에는 점점 더 딴짓을 많이 해서 더 많은 벌을 받았다.

본인들에게는 말하지 않았지만, 때때로 와니랑 명진이에게 같은 과제를 내주고 어떻게 해결하는지 비교해 보기도 했다. 내심 와니 쪽을 응원했음을 굳이 감추지는 않겠다. 말도 잘 안 듣고 인사도 대충하는 명진이보다야 입안의 혀처럼 나를 따르는 와니 쪽으로 마음이 기우는 건 인지상정이니까. 그런데 와니보다 명진이가 어려운 과제들을 더 쉽게 해치워서 은근히 실망하기도 했다.

그랬던 명진이가 2학년 2학기가 마무리되던 가을 무렵부터 확 달라졌다. 좋게 말하면 얌전해졌고, 나쁘게 말하면 멍해졌다. 틈만 나면 동서남북으로 말을 걸며 재잘거리고 장난을 치면서 수업을 방해하던 아이가 한 시간 내내 한마디도 안 하고 있었다. 그렇다고 수업을 열심히 듣느냐 하면 그것도 아니었다. 그냥 멍하니 시간을 보내고 있었다.

결국 명진이를 벌주기 위해 여름방학 내내 공들여 준비했던 수많은 고난이도 과제가 절반 넘게 남아돌았고, 공연히 와니만 영문도 모른 채 갑자기 늘어난 과제로 고생했다.

명진이가 왜 그러는지 문득 짐작 가는 바가 있어 명진이네 반을 티 안 나게 관찰했다. 제일 좋은 시간은 점심시간. 어차피 나는 점심을 먹지 않았기 때문에 점심시간만 되면 교실을 돌며 아이들이 밥 먹으며 이루는 군집을 분석했다.

결론은 바로 나왔다. 명진이는 혼자 밥을 먹고 있었다. 전후좌우 아이들이 모두 다른 자리로 식판을 들고 가 버려서 명진이의 동서남북이 텅 비어 있었다. 그 모습은 마치 깊게 파인 해자로 둘러싸인 감옥 같았고, 그 안에서 맥없이 밥을 먹고 있는 명진이의 모습은 간수가 주는 음식 비슷한 것을 꾸역꾸역 먹고 있는 죄수의 모습이었다.

평소 수업 시간에 명진이랑 같이 떠들다 자주 야단맞곤 했던 지원이와 초희가 어디 있는지 찾아보니 명진이와 아주 멀찍이 떨어진 자리에서 재재거리며 밥을 먹고 있었다. 백발백중 교우관계 문제. 여학생 사회에서 교우관계 문제라니. 정말 큰일이었다.

요즘이라면 학교폭력이라고 했겠지만, 그때만 해도 학교폭력 개념이 제대로 잡혀 있지 않던 시절이라 교우관계 문제라고 했다. 그 무렵에는 학교폭력은 때리고 금전을 갈취하는 등 남학생들의 문제로만 여겼고, 보이지 않는 곳에서 보이지 않는 방식으로 사회적 관계망을 끊어 버리는 여학생들의 폭력은 그냥 친구끼리 사이가 틀어지는 정도로 생각했다. 나는 이런 문제가 얼마나 무서운 일인지 스물일곱, 풋내기 교사 시절에 겪었다. 이런 상황에 걸려 한 달 이상 고생하다 결국 아이를 전학 보내야만 했다.

여학생들의 미묘한 사회적 폭력. 대개 사건은 이렇게 흘러간다. 어제까지 잘 지내던 친구가 갑자기 말을 안 한다. 인사만 할 뿐, 대화를 회피한다. 여럿이 모여 있으면 한 사람만 교묘히 배제하고 자기들끼리 이야기한다. 말을 걸어도 대답을 안 하고 딴말을 한다. 여기서 조금 더 지나면 인사는 물론 상호작용 자체를 단절한다. 더 무서운 건 여기에 가담하는 친구들이 하나둘 늘어난다는 것이다. 어느새 반 아이들이 모두 대꾸하지 않는 지경까지 간다. 간혹 착한 아이가 이야기를 들어주려 하면 다른 아이들이 무슨 일이라도 있는 것처럼 데리고 가 버린다.

이럴 때 쉽게 "그런 나쁜 애들이랑 안 놀면 되잖아? 오히려 잘됐네. 다른 친구 사귀어"라고 말하는 사람도 있지만 그게 그렇게 쉬운 일이 아니다. 여학생들은 대개 학급이 두세 개의 무리로 나뉜다. 그런데 원래 놀던 친구들 대신 다른 무리에 끼게 되면 원래 친구들과 다시 사귀지 않겠다는 선언처럼 되어 버린다. 만약 다른 무리가 원래 무리와 앙숙이라면 받아주기 쉽지만, 그렇지 않다면 저쪽 무리도 이쪽 무리와 사이가 험악해질 부담을 안으면서까지 굳이 다른 무리에서 떨어져 나온 아이를 이삭줍기하지 않는다.

결국 이러지도 저러지도 못하면서 피해자는 사회적으로 고립된다. 삶이 바다라면 사회적 관계망이라는 물결을 견디지 못하고 침몰하고 마는 것이다. 만약 구조의 골든 타임을 놓쳐 버리면 아예 멀리 전학 가서 사회적 관계망을 새로 만드는 것 외에는 답이 없을 정도까지 상황이 악화되기도 한다.

지금은 이런 경우에 전학 갈 수 있는 규정이 마련되었지만, 내가 스물일곱 때에도, 또 명진이를 가르쳤던 2000년대 초반만 해도 관련 규정이 없었다. 그러니 그저 사회관계망에서 가라앉는 수밖에 없다.

명진이는 무슨 영문인지 이른바 전교권 여학생들(대개 그들은 같이 모여 다닌다) 그룹에 끼지 않았다. 명진이가 평소에 같이 어울려 다니던 지원이, 초희 같은 아이들은 보통 학생(모범생이 아닌)과 노는 아이의 경계선상에 있었다. 사실 전교권 아이들보다는 그런 아이들과 어울려 노는 게 더 재미있기는 했을 것이다.

그런데 이제 그 그룹에서 명진이가 배제되고 있는 것이다. 얼마나 아팠을까? 심리학자들의 연구 결과에도 나오지 않는가? 외로움을 느낄 때와 신체적인 고통을 느낄 때 뉴런 반응이 동일하다고. 가슴이 찢어지는 것 같다, 창자를 끊어 내는 것 같다는 말이 단지 비유만은 아닌 것이다. 게다가 몽둥이로 두드려 맞은 상처는 시간이 지나면 아물지만, 이렇게 날마다 사회적 고립 상황이 반복되는 건 매일 똑같은 자리를 몽둥이로 얻어맞는 것과 다를 바가 없다.

내 눈에 명진이의 사회관계망이 무너져 내리는 것이 뻔히 보였다.

관계망이 무너지자 명진이도 무너지고 있었다. 아무리 똑똑하고 당돌하다 해 봐야 열다섯 살 중학생이었다.

날이 갈수록 눈에 확 드러날 정도로 손상 부위가 커지고 있었다. 활발하고 총명하다 못해 선생들을 고생시키던 명진이가 마치 넋 나간 아이처럼 갈피를 못 잡고 있었다. 아무도 침몰하는 명진이를 도와주지 않았다. 모두 구경하듯 주변을 맴돌기만 했다.

누군가 구명정을 내주어야 했다. 하지만 학교의 고질적인 칸막이 문화 때문에 담임이 아닌 내가 나서서 개입하기도 쉽지 않았다. 만약 와니가 이런 문제에 처했다면 아마 그 반 담임이 먼저 나를 찾아왔을 것이다. "와니가 선생님을 제일 따르니까 한번 만나서 이야기 해 봐요. 나한테는 통 털어 놓지를 않네" 이러면서.

하지만 나와 명진이는 혼 많이 내고 벌 많이 받던 사이 아닌가? 그래도 그냥 두고 볼 수 없어서 일단 담임한테 떠 보았다.

"요즘 명진이 어때요?"

"아, 명진이? 많이 얌전해졌더라고. 아무래도 이제야 사춘기가 끝나려나 봐."

맙소사, 담임은 아무 눈치도 채지 못하고 있었다. 하긴 나 역시 점심 시간에 관찰하지 않았으면 감쪽같이 모르고 있었을 것이다. 하지만 명진이가 평소 수업 시간에 보여 주었던 다소 거슬리는 행동을 천재성이 아니라 단지 사춘기 반항 정도로 생각하고 있는 담임의 고루한 태도에 화가 났다.

반항심이 솟구쳤다. 에라, 담당 학급이고 나발이고 먼저 문제 발견한 사람이 해결하는 거지. 담임이 무슨 조폭이냐, 나와바리 이딴 거 따지게?

점심시간에 2학년 2반 교실로 갔다. 그리고 화가 잔뜩 난 얼굴로 머리채라도 잡아 흔들듯이 외쳤다.

"도명진! 당장 교무실로 내려와!"

맥없이 엎드려 있던 명진이가 부스스 자리에서 일어났고, 다른 아이들이 마치 꼬시다는 듯 한마디씩 했다.

"샘, 쟤 혼내 주세요. 하하하하."

"때려요!"

농담인지 진담인지 기묘한 애교 톤의 목소리가 여기저기서 들렸다. 쏟아지는 웃음소리를 맞으며 명진이가 멍한 모습으로 나왔다.

"따라와."

아무리 선생을 힘들게 해도 어쨌든 공부 잘하는 학생 범주에 들어 있는 학생답게 명진이는 군소리 없이 따라 내려왔다.

어색하게 서 있는 아이를 일단 앞에 앉혔다.

나도 어색했다. 뭐라고 말해야 하지?

일단 던져 보자.

"요즘 힘들어?"

아무 대답이 없었다.

"혹시 누구랑 싸웠니?"

역시 대답하지 않았다.

"요즘 너답지 않아 보여서."

여전히 명진이는 아무 말 없이 그냥 고개를 숙이고 있었다.

"뭐, 말하기 싫으면 안 해도 돼."

명진이가 대답 대신 발을 꼼지락렸다. 까무잡잡한 종아리에 살짝 형광등 불빛이 반사되며 반짝거렸다.

"그래도 혼내는 모양으로 데리고 왔으니, 바로 올라가면 좀 이상하겠지? 좀 있다가 가."

그러자 명진이가 와락 눈물을 쏟았다.

진부한 표현이지만 정말이지 폭포수처럼 눈물이 쏟아져 내렸다. 이백이라면 아마 장강, 황하를 뽑아다 얼굴에 걸어 놨다고 했을지 모르겠다. 마침내 명진이가 도수 높은 안경을 벗어 책상 위에 올려놓고 엎드려 소리까지 내면서 울었다. 그렇게 한참을 울고 나더니 명진이답지 않은, 가느다란 목소리로 힘겹게 말을 꺼냈다.

"지원이요."

"으응?"

"지원이가 미워해요."

"지원이가? 절친 아니었어?"

"싸웠어요."

"화해는 했고?"

"그러고 싶은데 사과를 안 받아줘요. 딴 친구들까지 그래요. 화났냐고 물어보면 아니라 그러고. 내가 뭘 잘못했는지 알려 달래도 말 안 해요. 그냥 말을 안 해요. 모르겠어요. 나한테 왜 그러는지 모르겠어요."

"허, 그것참. 왜 그러지? 착한 명진이한테?"

그때는 잘 몰랐다. 남학생의 이지메와 여학생의 이지메 차이를. 남자는 단순하다. 잘나고 힘세면 보스가 된다. 약하고 못나면 피해자가 된다.

나도 중학교 1학년 때 왕따로 고생했던 경험이 있다. 머리 좋은 행세를 많이 했기 때문이다. 그런데 문제는 건방진 데 비해 성적이 반에서 10등에 겨우 들어가는 정도로 별로인 데 있었다. 이게 결정적이었다. 하지만 2학년 때부터 왕따는 전혀 해당 없는 일이 되었다. 건방진 태도는 여전했지만 전교 10등 이내로 성적이 엄청나게 올랐기 때문이다. 공부 잘하는 남학생이 건방지고 싸가지 없다고 노는 애들에게 괴롭힘당하는 경우는 TV드라마에서나 나오는 설정이다. 현실은 반대다. 그런 학생들은 노는 애들이 함부로 하지 못한다.

하지만 여학생은 어렵다. 여자는 공부를 못한다거나 못생겼다고 해서 피해자가 되지 않는다. 오히려 공부도 못하고 외모도 별로인 아이들이 사교계(?)의 중심인 경우도 많다. 하지만 지나치게 잘나면 피해자가 된다. 이 지나침의 기준은 맥락에 따라 다르다. 또래 집단의 평화와 안정성을 해칠 정도라는 상호주관적인 기준이 있을 뿐이다.

그러니 이 기준은 정해진 바가 없다. 또래 집단의 상황에 따라 알아서 판단해야 한다. 한마디로 너무 많은 시기심을 유발하면 안 된다. 그러면 집단의 평화를 위해 시기심의 원인이 되는 아이는 배제되고 만다. 그렇다고 공부 잘하는 여학생들이 다 왕따가 되느냐 하면 그건 아니다. 여학생의 잘남은 남학생과 달리 단순하지 않다. 적어도 삼중의 매트릭스를 이루고 있다. 하나는 세상의 기준에서의 잘남, 즉 공부를 잘하고 학교에서 인정받는 경우다. 다른 하나는 남자의 기준에서의 잘남, 한마디로 미모나 매력이다. 그리고 마지막으로 여자들 사이에서의 잘남이다. 이 역시 매력인데, 남자에게 어필하는 매력과 동성 친구에게 어필하는 매력은 다르다.

이 셋을 다 가진 아이는 거의 없다. 반대로 말하면 이 셋 중 어느 하나에서는 빈 구멍이 있어야 한다. 물론 억지로 잘난 사람이 못나질 필요는 없다. 못난 척을 해도 잘났다는 거 다 안다. 중요한 것은 못난 면도 보여 주면서 균형을 맞춰 가려는 노력, 성의를 보이는 것이다.

어쨌든 그날 이후 명진이는 외로움 속에 침몰하지 않을 구명정을 교무실에서 찾았다. 수업 시간에는 예전보다 훨씬 더 멍했기 때문에 실수도 잦았고, 그러다 보니 자연스럽게 교무실에 내려올 일도 많았다. 어쩌면 일부러 그런 척한 것이었을지도 모르겠다. 은근한 공모 같은 것일 수도 있었다. 거짓으로 걸리고, 거짓으로 야단치고, 그래서 시간을 벌고.

명진이가 와서 딱히 뭘 한 건 없었다. 공부하다 궁금한 걸 물어보거나 이런저런 잡다한 책들에 대한 이야기를 했다.

문과 성향이 강한 와니와 달리 명진이는 이공계 성향이 강했고, 주로 읽고 보는 책과 영화 들도 그런 종류였다. 덕분에 나는 〈스타트렉〉 시리즈에 나오는 등장인물을 거의 다 알게 되었고, 대화를 잇기 위해 리처드 파인먼의 책도 읽어야 했다.

그러는 동안 명진이와 많이 가까워졌다. 다만 명진이는 독립심이 강하고 자존심이 강한 아이라 나에게 정서적으로 많이 의존하지는 않았다. 그저 적당히 외로움을 달래고 싶거나, 수준 높은 상호작용이 필요할 때 잠깐 와서 시간을 보내다 가곤 했다.

그래도 교실에서의 고립만큼은 어쩌지 못하는 모양이었다. 명진이는 여전히 교실에서 혼자였다. 다만 고립에 익숙해졌는지 더는 멍한 표정을 짓지 않았다. 간혹 웃기도 했다.

명진이는 내 자리에 올 때마다 다른 여학생들 눈치를 봤다. 일단 형식상으로는 야단맞고, 훈계 들으러 오는 것이기 때문에 즐거워 보이지 않으려고 애쓰는 기색이 역력했다. 특히 와니 눈치를 많이 봤다.

명진이는 와니가 내 근처에 있으면 절대 가까이 오지 않았다. 교무실 문 앞에 숨어 있다가 와니가 나가는 걸 확인한 뒤에야 조심스럽게 내 자리로 왔다. 그러는 모습이 너무 자주 보여 혹시 와니도 이 왕따에 가담했을까 살짝 걱정이 되기도 했다. 와니는 지원이, 초희 같은 아이들보다 여학생들 사이의 영향력이 훨씬 컸기 때문에 만약 와니까지 가세했다면 명진이는 전학 외에는 답이 없다.

걱정이 되어 넌지시 와니에게 한번 떠봤다.

"명진이 요즘 어때 보여?"

"명진이요?"

와니가 쾌활한 톤으로 그러나 아무 감정 없이 대답했다.

"착하고 똑똑하고 그러긴 한데, 잘 모르겠어요. 별로 안 친해서요."

와니의 쿨한 성격으로 봐서 "몰라요"라고 했으면 정말 모르는 것이다.

"아, 그렇구나."

"필요하시면 제가 알아볼까요?"

"아니다. 뭐, 담임도 아닌데."

괜히 물어봤다 싶었다. 이제부터 와니가 명진이를 의식하게 될 터였다. 정말 미숙한 대처였다. 10대 아이들은 자기가 인정받고 싶어하는 어른이 다른 아이에게 관심 가지는 걸 좋아하지 않는다. 착하고 아니고 상관없는 문제다. 이건 그냥 본능이니까.

아니나 다를까, 와니는 금세 교무실 기둥 뒤에 애매하게 몸을 숨기고 자기가 가기만 기다리고 있는 명진이를 발견했다. 그전까지는 안 보였는데 이제 보이기 시작한 것이다.

"명진아, 안녕."

와니가 쾌활한 목소리로 손을 흔들어 보였다. 하지만 명진이는 그냥 고개만 숙이고 와니가 지나가기를 기다렸다.

그런데 와니가 잘 모른다는 이유로 댄 "별로 안 친해서요"가 마음에 걸렸다. 이 말이 별로 교류가 없다는 말인지, 아니면 좋아하지 않는다는 말인지, 앞으로도 친하게 지낼 일이 없을 거라는 말인지 분명치 않았다.

"와니는 아니에요."

와니가 간 것을 확인하고 다가온 명진이가 불쑥 말을 던졌다.

"뭐? 그게 무슨 말이야?"

찔리는 바가 있어 필요 이상으로 방어적인 태도를 취했다.

"와니가 지원이네 애들 말 듣거나 의식하거나 할 거 같아요?"

"그건 아니지만. 그런데 난데없이 와니는 왜?"

"아까 와니한테 제 얘기 하신 거 아니에요?"

"아니, 그건."

"괜찮아요. 제가 와니네 애들이랑 어울리면 문제가 다 해결되잖아요? 지원이네도 와니네한테 이래라 저래라 할 처지는 아니고. 저도 와니 좋아해요. 착하고 예쁘고 재미있고. 그런데 와니하고 같이 다니는 애들은 또 달라요. 만약 제가 거기 끼면 걔들이 굉장히 싫어할 거예요. 와니가 지원이네 눈치는 안 봐도 걔들은 신경 써야 할 테고요."

명진이는 내가 와니한테 "요즘 명진이가 교우관계가 어려운데, 네가 좀 챙겨 주지 않으련?" 뭐 이런 식의 부탁이라도 했다고 생각한 모양이었다. 사실은 "와니 너도 혹시 명진이 왕따시키는 데 개입한 건 아니지?"라고 물어본 것이나 다름없었는데 말이다.

부끄러웠다. 평소 와니를 많이 아낀다고 생각했는데, 별로 친하지도 않은 사이라는 명진이만큼도 와니를 믿지 않았던 것이다.

문득 명진이가 다시 보였다. 똑똑하고 개구지고 엉뚱한 아이라고만 생각했는데, 의외로 사려 깊고 현명한 면도 있었던 것이다.

그렇게 한 학년이 지났다. 아이들과 같이 진급하는 걸 좋아하는 나는 3학년 담임을 신청했고, 3학년 7반을 배당받았다. 분반 작업이 끝나고 새 학급 명렬표를 받았다. 명렬표는 성적순으로 되어 있었는데 제일 위에 도명진이라는 이름이 찍혀 있었다. 아이쿠야 싶어서 얼른 지원이 이름을 찾아보았다. 다행히 지원이는 우리 반이 아니었다.

"명진아, 좋겠다."

명진이는 나를 담임으로 맞이하지 못한 와니가 던진 별 뜻 없는 이 한마디에도 화들짝 놀라면서 경계심 가득한 눈빛을 지었다. 나는 명진이 마음속에 드리운 두려움을 보았다. 지원이가 주도하는 중간층 아이들의 사회적 고립 시도는 어찌어찌 견딜 수 있지만, 만약 와니 눈밖에 나서 상위권 여학생들 사이에서도 고립된다면 훨씬 견디기 어려울 것이라는 두려움. 나까지 그 두려움에 감염되었다.

"별걱정을 다 하네. 와니는 그런 애가 아니야."

이렇게 당당하게 말할 수 없었다. 그게 너무 싫었다. 마음 한구석에서 혹시 와니가 숨겨진 배후면 어쩌지 하는 두려움이 끝내 사라지지 않았다. 만약 와니가 이 길고 어두운 명진이의 사회적 고립을 일으킨 배후 조종자라면 그 배신감과 절망감 때문에 나의 교직 생활 자체가 거대한 회의주의의 길쭉한 그림자에 물들어 버리고 말 판이었다. 와니가 나에게 보여 준 그 깊은 신뢰를 생각하면 배신이 따로 없었다. 나는 그때 이런 걱정을 했었다는 사실을 아직까지도 와니한테 고백하지 못했다.

명진이도 그걸 의식했는지 모르겠지만 내 자리에 찾아오는 빈도가 줄었다. 담임이 아닐 때보다 오히려 더 거리가 멀어진 것 같기도 했다. 따로 부르면 오기는 했지만, 말수도 줄어들었고 표정도 훨씬 어두웠다.

그러더니 4월 들어 갑자기 학교에 나오지 않았다. 어머니에게 전화해 보니 아프다고 했다. 학부모가 아프다는데 별 도리 없다. 결석계를 쓰고 학부모 유선 확인란에 체크하는 수밖에. 하지만 결석 날짜가 사흘이 넘어가자 뭔가 심각한 일이 생긴 게 아닐까 걱정스러웠다.

"무슨 일인지 꼭 말씀해 주셔야 합니다. 안 그러면 무단결석으로 처리할 수밖에 없습니다."

내가 다그치자 명진이 어머니가 마침내 눈물에 젖은 목소리로 대답했다.

"죄송합니다. 안 그래도 이제 찾아뵙고 말씀드리려 했어요."

"무슨 일이 있나 보죠?"

"명진이가 많이 아파요."

"네? 아니, 어디가?"

"병원에서는 이유를 몰라서 검사만 자꾸 하고, 큰 병원으로 옮기라고만 해서 정확하게 말씀 못 드렸어요. 명진이 지금 아산병원에 입원했어요."

"입원이라고요?"

온갖 상상이 다 떠올랐다. 명진이 어머니는 아프다고 말했지만 오래된 사회적 고립이 가져오는 가장 끔찍한 결과가 떠올랐다. 혹시 극단적인 선택을 했다가 다행히 목숨은 건져 치료받고 있는 건 아닐까? 하지만 명진이 어머니가 제출한 의사 소견서에는 "원인 불상의 신부전 증상. 4주 이상의 투석 및 안정 필요" 대충 이런 글자가 적혀 있었다. 원인 불상이라니 끔찍했다.

그렇게 명진이는 사실상 4월 한 달을 꼬박 결석했다. 결석이 길어지자 다른 아이들도 슬슬 눈치채고 동요하는 기색이 역력했다. 아마 나처럼 끔찍한 생각을 했던 모양이다.

지원이랑 와니를 슬쩍 살펴보았다. 와니에게는 미안했지만, 사회적 고립이 문제라면 가장 유력한 두 집단을 이끄는 아이들의 동향을 살펴볼 수밖에 없었다. 와니는 평소와 다르지 않았지만, 지원이는 뭔가 두려워하는 기색이 역력했다.

"명진이 많이 아파요? 어디가 아프대요? 아님, 전학 갔어요?"

지원이가 먼저 이렇게 물어보기도 했다. 일종의 자진납세인 셈이지만, 명진이가 아픈 게 걱정되는 것인지 그 책임이 자기한테 돌아가는 것이 두려운 것인지는 알 수 없었다. 애들 하는 말로 대충 지원이의 말을 '씹어' 버렸다.

명진이는 중간고사 때가 되어서야 간신히 학교에 나왔다. 그 어디에서도 명진이를 찾아볼 수 없었다. 갸름하던 얼굴은 마치 서양배처럼 부풀어 올랐고, 가무잡잡하던 피부는 거의 짙은 보랏빛이었다. 마치 어디서 무차별 폭행이라도 당하고 온 것 같았다. 깡말랐던 아이가 고도 비만처럼 몸이 불어 있었는데, 그렇게 단기간에 지방이 붙을 리 없으니 아마 수분이 빠지지 않은 것이리라.

이 상황에 시험이 무슨 소용이냐 싶었지만 질병 결석일 경우에는 인정 점수가 80퍼센트라는 성적 관리 규정이 전교권에서 노는 명진이를 병상에 누워 있지 못하게 했다.

저 모습을 하고 시험 치겠다고 앉아 있는 명진이를 도저히 제정신으로는 가까이 가서 볼 수 없었다. 그러나 아이들 앞에서 약한 모습을 보이지 않으려고 마치 그 자리에 깡마르고 까무잡잡한 명진이가 앉아 있는 양 평소와 똑같이 말하고 대했다.

그러고는 2층에 있는 남교사 휴게실로 올라가 혼자 울었다. 저 어린 나이에 너무 가혹한 시련이 아닌가? 사회적으로 신체적으로 동시에 들이닥친 저 시련을 깡마른 소녀에게 어찌 견디라고 신은 이토록 냉혹하게 군단 말인가? 아니, 이건 거의 심술에 가까웠다. 신이 심술을 부리고 있었다. 나의 무력함이 너무 서러웠다. 그 무력함과 서러움을 아이들 앞에서, 아니 그 누구 앞에서도 드러내고 싶지 않았다. 나에게 어쩔 수 없이 가부장제의 잔재가 남아 있었던 모양이다. 아마 내가 여교사였다면 명진이가 보는 앞에서 아이들과 함께 울었을 것이다.

드르륵, 남교사 휴게실 문이 열리는 소리가 났다. 그리고 한동안 문가에 누가 서 있는 인기척이 들리더니 다시 문이 닫히고 인기척도 사라졌다.

중간고사 마지막 날, 명진이가 힘겨운 거동으로 교무실에 왔다. 다른 선생님들도 놀란 기색을 보이지 않으려 애쓰거나 슬쩍 자리를 비웠다.

"저, 선생님."

"그래. 수고했다. 얼른 나아야지?"

"아, 그게 아니고요."

"그럼?"

"저, 버스 다른 거 타면 안 돼요?"

"버스라니?"

"우리 반이랑 지원이네 반이 한 버스 타는데, 좀 그래서요."

"지원이네 반이랑 한 버스?"

"수학여행이요."

아니, 이게 대체 무슨 뚱딴지 같은 소리란 말인가? 지원이랑 같은 버스를 타고 말고가 문제가 아니지 않나?

"아니, 잠깐……. 수학여행을 가려고?", 이걸 물어보고 싶었지만 그 속에 "네 꼴을 좀 보고 말해. 그 꼴로 어딜 간단 말이야?" 이런 뉘앙스가 숨어 있을까 봐 차마 말을 꺼내지는 못했다.

"일단 알아는 볼게. 그런데 장담은 못 한다."

"네. 꼭 그럴 필요는 없어요. 혹시 그럼 안 될까 싶어서요. 고맙습니다."

영리한 명진이가 수학여행에서 자기 반이 아니라 다른 반 버스에 탄다는 게 여러 가지로 어렵다는 걸 이해 못할 리 없었다. 하지만 이 버스고 저 버스고 간에 수학여행을 간다는 것 자체가 문제였다. 명진이가 나가자마자 바로 명진이 어머니에게 전화를 걸었다.

"명진이가 수학여행 이야기를 하는데……."

"아, 예……."

"정말 보내실 생각이신가요? 솔직히 좀 힘들어 보이기도 해서 어머님 생각을 여쭤보려고 전화드렸습니다. 죄송하지만 안 가는 게 좋지 않을까 해서요."

"죄송하긴요. 저희가 죄송하죠. 그런데 선생님, 정말 힘드시겠지만 명진이 꼭 데려가 주세요. 염치없는 줄 알지만, 꼭 부탁드립니다."

의외의 대답이 나왔다. 하지만 그 말투 속에서 "어쩌면 마지막 수학여행이 될지도 몰라요"라는 뉘앙스를 읽어 내는 건 어렵지 않았다. 나도 어머니도 서로 깊은 한숨과 탄식만 주고받았다. 더 이상 통화를 이어가기 힘들었다.

그래. 데려가자. 한 아이 인생에 한을 남기게 하지는 말자.

"죄송하지만 절차는 절차니까 이 경우에는."

"동의서, 각서 이런 거 써야겠죠?"

"예. 죄송합니다."

"아뇨, 이해합니다. 저희가 오히려 너무 큰 부담을 지워드리는걸요."

결국 명진이 어머니에게 이런저런 확인서, 동의서, 각서 따위에 도장을 받았다. 도대체 도장을 몇 개나 받았는지 모르겠다. 내가 빠져나가는 구멍을 파는 것 같아 기분이 좋지 않았다. 이럴 때 절망하고 있는 어머니에게 기껏 하는 일이 각서 받는 것이라니, 이 하찮은 처지가 더욱 서글펐다.

수학여행 당일, 명진이는 짐이 무척 많았다. 무겁고 큰 짐이 아니라 이런저런 약병, 주사기 같은 것들로 복잡했다. 명진이 어머니가 짐을 하나하나 체크하고 있었다. 그 며칠 사이에 명진이 모습은 더 나빠져서 거의 흉측해 보일 정도였다.

버스 안에서 아무도 명진이 옆에 앉지 않았다. 무심결에 내 눈길이 지원이를 향했다. 지원이는 고개를 푹 숙여 내 시선을 피했다. 하지만 나는 지원이에게 보내는 눈길을 거두지 않았다. 잠깐 눈치를 살피려 고개를 들었던 지원이가 깜짝 놀라며 다시 고개를 숙였다.

버스가 출발했다. 두 시간 정도 지나 첫 코스인 무령왕릉에 도착했다. 먼저 버스에서 내려 하차 지도를 하는데 지원이가 명진이를 부축하며 버스에서 내렸다.

가슴이 따뜻하게 떨렸다. 그래, 이렇게 아이들은 자라는 거다.

'지원아, 네 사과가 너무 늦은 것 아니니?' 이 말을 그저 머릿속으로만 삼켰다.

그렇게 무령왕릉을 간신히 구경한 뒤 다음 코스인 공산성으로 이동했다. 공산성은 걷는 구간이 많아 명진이는 버스에 그냥 남아 있었다. 산길 핑계를 댄 것인지 명진이가 측은해서 그런 것인지는 모르겠지만, 몇몇이 가기 싫다고 앙탈을 부렸다. 지원이, 초희 그리고 몇몇 아이들이 명진이와 주차장에 남았다.

명진이는 다음 코스인 국립부여박물관은 부축을 받아 관람했고, 부소산성에서는 또 지원이와 몇몇 아이들과 함께 주차장에 남았다. 체구가 비대하여 산길 걷는 것을 부담스러워하던 지원이네 담임도 핑곗김에 같이 남았고, 내가 그 반까지 인솔하여 산성을 한 바퀴 돌고 내려왔다.

그렇게 첫날 일정을 간신히 마쳤다. 보건실 옆방을 배정받은 명진이는 식사도 함께하지 못하고 따로 준비해 온 밥과 약 사이의 경계가 모호한 것들을 먹었다. 그래도 표정은 무척 밝았다. 눈두덩이가 너무 부어 올라서 도저히 표정을 가늠할 수 없었고, 목소리도 간신히 냈지만 그래도 밝은지 어두운지 정도는 구별할 수 있었다.

식사시간이 끝나자 명진이가 슬금슬금 다가와서 내 귓전에 대고 말했다.

"태어나서 제일 행복한 날이었어요. 고마워요, 선생님."

그리고 밝게 웃어 보이려 했지만 안면 근육이 마음먹은 대로 움직여지지 않아 기묘한 표정을 만들고 말았다. 나는 행복이라는 단어보다는 그 완료형 시제가 더 마음에 거슬렸다.

"저, 명진이 방에서 자도 돼요?"

따라온 지원이가 말했다.

"당연히 되고 말고. 내가 먼저 부탁하려고 했는걸?"

그러자 지원이와 초희가 하나는 명진이를 부축하고, 다른 하나는 명진이 짐을 들고 숙소로 갔다. 그동안 은근히 지원이를 미워하기까지 했던 나 자신을 반성했다.

문득 1년 전 이맘때 교문 앞 횡단보도 앞에 쭈그리고 앉아 있던 지원이와 초희를 만난 기억이 났다.

치마를 움켜쥐고 쭈그려 앉아 있는 건 그다지 보기 좋은 광경이 아니라 일으켜 세울 요량으로 말을 붙였다.

"무슨 일이니?"

"선생님, 여기 동물병원 같은 데 없어요?"

내가 나타나길 기다렸다는 듯이 초희가 자지러지는 목소리로 말했다.

"동물병원?"

아이들 앞에는 숨을 헐떡이며 죽어 가는 개가 엎어져 있었다.

"이런, 어쩌다가?"

"차에 치였어요."

이미 복부가 터져 내장이 삐져나온 모양이 한눈에 봐도 동물병원이고 뭐고 조만간에 숨이 끊어질 상황이었다. 아마 동물병원에 데려가면 즉시 안락사를 시켰을 것이다.

"힘내."

지원이와 초희는 눈물을 글썽이며 죽어 가는 개를 쓰다듬어 주었다. 하지만 얼마 지나지 않아 개는 자그마한 경련을 일으키더니 무지개다리를 건너갔다.

이제야 지원이, 초희가 어떤 아이들이었는지 기억났다. 그동안 명진이 때문에 나쁜 아이들이라고 일방적으로 판단했던 것이다. 어쩌면 그 아이들이 공부가 신통치 않아서 무심결에 평가절하 하고 있었던 것인지도 몰랐다.

문제는 상황이다. 상황이 아이들을 악마로 만들기도, 천사로 만들기도 한다. 아이들 자체는 천사도 악마도 아니다. 아이들은 상대방의 고통을 대신할 정도로 착하지 않지만, 고통 앞에 냉담할 정도로 악하지도 않다. 만약 그런 아이가 있다면 교육이 아니라 치료의 대상일 것이다.

다만 알지 못할 뿐이다. 얼마나 괴로운지, 얼마나 힘든지 알지 못할 뿐이다. 설사 들어서 알고 있더라도 느끼지 못할 뿐이다. 그 고통을 알고, 그 고통을 같이 느끼면 아이들은 천사가 된다. 고통은 아이들을 천사로 만든다.

죽어 가는 강아지를 위해 눈물 흘리던 소녀도 지원이고, 명진이를 고립시켜 사회적으로 침몰시킨 소녀도 지원이다. 다만 그 사회적 침몰이 죽어가는 강아지만큼 고통스럽다는 것을 몰랐을 뿐이다. 하지만 명진이가 느닷없이 학교에 안 나오기 시작했을 때 뭔가 느꼈고, 많이 아픈 명진이를 보았을 때 마치 자기들 때문에 아픈 것처럼 깊은 가책을 느꼈던 것이다.

아이들에게 천사가 들어 있음을 의심했던 내가 한심하게 느껴졌다. 심지어 나는 와니마저 의심하지 않았던가? 나를 전적으로 믿고 따르는 아이를 마음속에서 배신하지 않았던가? 지원이를 나무랄 자격이 과연 나한테 있을까? 부끄러워 아이들 앞에 있기 힘들었다.

"그래. 고맙구나. 잘 보살펴 주렴."

지원이, 초희를 격려하고 도망치듯 자리를 떴다.

새벽 1시쯤 아이들 숙소를 한 바퀴 돌아 별일 없는 것을 확인하고 잠자리에 들었다. 겨우 눈을 붙였는가 싶었는데, 누군가가 방문을 세게 두드렸다.

"샘! 샘! 일어나세요. 큰일 났어요."

와니 목소리였다. 어지간하면 당황하는 법이 없는 멘탈 갑 와니답지 않게 많이 흔들리고 째지는 목소리였다. 제발 명진이한테 아무 일도 없기를 바랐지만, 내 소망과 달리 그럴 가능성이 99.9퍼센트다.

아니나 다를까, 문을 열자 와니를 앞세우고 지원이, 초희, 그리고 주로 작년에 명진이 반이었던 몇몇 아이들이 옹기종기 모여 있었다.

"명진이가 많이 아파요. 긴급 상황인 것 같아요."

와니가 무리를 대표해서 말했다.

"샘, 어떡해요? 어떡해요?"

지원이가 그때 그 강아지 앞에서 보였던 얼굴을 만들며 울음을 터뜨렸다. 상황이 급해 내 방문을 마구 두드려야 하는데, 그럴 용기가 나지 않아 와니를 앞장세운 모양이었다. 하여간 아이들은 의외로 영리하다.

서둘러 보건실 옆방으로 갔다. 명진이의 상태는 차마 글로 다 옮길 수가 없을 지경으로 끔찍했다. 온몸이 붓다 못해 터져 버릴 것 같았고, 보라색은 더 짙어져 마치 멍들어 버린 사과 속살 같은 멍울이 되어 몸 구석구석에 퍼져 있었다.

직감했다. 명진이의 수학여행은 여기서 끝이다. 아니, 수학여행이 문제가 아니었다. 어쩌면 명진이의 여행 자체가 여기까지일 수도 있다는 불길한 생각이 아무리 고개를 흔들어도 사라지지 않았다.

얼른 119에 전화를 걸어 구급차를 요청하고, 다시 명진이 어머니에게 전화를 걸었다. 신호가 가자마자 바로 전화를 받았다.

"아, 선생님. 결국."

"네, 어머님. 죄송합니다. 명진이가 더 견디기 어려울 것 같습니다. 일단 구급차 불러 가까운 병원으로 보낼 테니까 최대한 빨리 부여까지 내려오셔야 할 것 같습니다."

"네. 선생님. 고맙습니다. 금방 가겠습니다."

"금방이요?"

"저랑 애 아빠 다 부여에 있어요."

이미 명진이 부모님도 다 알고 마음의 준비를 하고 있었던 모양이었다. 수학여행은 무리라는 것, 그래서 언제든지 중단하고 데려가야 한다는 것. 그럼에도 억지로라도 수학여행을 가겠다는 명진이의 고집을 꺾을 수 없을 정도로 상황이 좋지 않았다는 것. 그래서 티 안 내고 동선을 따라 계속 움직였던 것이다. 언제든지 데려가게. 아, 그런 부모의 마음은 도대체 어떤 상태일까?

"일으켜줘."

명진이가 근처 친구들에게 가느다란 목소리로 말했다.

"그냥 누워 있으렴. 금방 구급차 올 거야."

"누워 있고 싶지 않아요. 앉을래요."

"그래. 내가 도와줄게."

눈치 빠른 와니가 얼른 다가가 명진이가 일어나는 것을 도와주었다. 그리고 다른 친구들도 달려들어 명진이를 방 귀퉁이에 있는 소파에 앉혀 주었다.

"저라도 버릇없는 아이로 기억되고 싶지 않을 거예요."

쟤가 왜 저러지 하는 표정으로 있는 나에게 와니가 다가오더니 살짝 귓속말을 했다. 정말 그런 걸까? 내가 아는 명진이는 이 상황에서 담임 선생 앞에 누워 있는 모습이 부담스럽다고 느낄 만큼 예의를 차리는 아이는 아니었다.

허름한 소파 위에 마치 소금에 푹 절인 배추처럼 늘어져 있는, 원래 모습을 전혀 찾아볼 수 없게 되어 버린 명진이를 보니 화가 났다. 이 상황에서 아무것도 해 줄 수 없는 나의 무력함에 화가 났다. 유스호스텔 담벼락이라도 두드려 패서 콘크리트가 깨지던가 내 주먹이 깨지던가 해야 이 무력감이 가실 것 같았다.

"선생님."

명진이가 불렀다.

"그래. 나 여기 있다. 조금만 기다려. 금방 엄마 오실 거야."

"고맙습니다. 데려와 주셔서. 저, 아껴 주셔서. 잊지 않을게요."

고맙다니, 뭐가? 아무것도 할 수 없는 이 무력한 선생이 뭐가? 모든 것이 허무하고 덧없었다. 이 모든 상황이 무슨 고대 그리스 비극처럼 "자, 보라. 너희들도 그저 한낱 죽을 운명을 가진 사람에 불과하나니"라고 겸손을 가르치려는 것 같았다.

구급차가 와서 명진이를 싣고 가면 다시 명진이를 볼 수 있을까? 지금 이 새벽이 명진이와 마지막이 아닐까 하는 생각이 들었다.

조용히 다가가서 명진이를 가볍게 안아 주었다. 내가 해 줄 수 있는 건 이것뿐이었다.

구급차 소리가 들렸다. 구급대원을 맞으러 나가려는데 갑자기 보건실 앞에 아이들의 긴 줄이 늘어섰다. 지원이를 선두로 아이들이 차례차례 돌아가며 명진이를 안아 주고 있었다. 눈물을 참는 아이는 아무도 없었다. 남자아이들 같았으면 참았을 텐데. 문득 눈물을 참고 있는 내가 너무 갑갑하고 한심하게 느껴졌다. 아이들은 돌아가며 한마디씩 뭐라고 했다. 힘내라고 하는 아이도 있었고, 미안하다고 말하는 아이도 있었다. 지원이는 껑껑 소리를 내며 울고 있었는데, 오히려 명진이한테 부담이 될까 걱정될 정도였다. 와니가 얼른 눈치채고 지원이를 데리고 나갔다.

그렇게 깡마른 열다섯 살 소녀, 가혹했던 신체적 사회적 침몰에 고통받고 있던 명진이는 적어도 사회적 침몰에서는 구조되었다. 외톨이가 되어 괴로워하던 명진이가 거의 모든 여학생들의 포옹과 격려를 받으며 구급차에 실려 가는 모습을 보니 번개처럼 스치는 깨달음이 있었다.

도덕으로는 세상을 구할 수 없다. 아무리 도덕적으로 올바르다는 것을 알아도, 느끼지 못한다면 사람은 결코 선해질 수 없다. 그리고 그 느낌은 고통을 함께 겪지 않고 그 고통에 죄책감과 후회를 느끼지 않으면 안 된다.

어느새 남학생들도 로비에 몰려나와 있었다. 그들도 어떤 일이 일어나고 있는지 다 알고 있는 눈치였지만, 서로서로 눈치를 보며 앞으로 나서서 격려나 위로를 드러내는 일은 하지 않았다. 그냥 쭈뼛거리고만 있을 뿐이었다. 하지만 구급차가 완전히 떠날 때까지 방으로 돌아가지 않고들 서 있는 걸 보니 생각들은 하고 있는 모양이었다. 남자란 참으로 가련하고 갑갑한 존재다. 나까지 포함해서. 우린 모두 참으로 한심했다.

이렇게 침몰하던 명진이는 골든 타임이 끝나기 전에 모두의 손으로 구조되었다. 아이들은 먼 훗날에야 깨달을 것이다. 실제로 침몰하고 있었던 것은 명진이가 아니라 자기 자신들이었음을. 오히려 명진이가 그 고통스러운 모습을 드러내 보여 줌으로써 침몰하던 그들을 구원했음을. 이제 사회적 구조는 이루어졌으니, 신체적 구조가 이루어지기를 바랄 뿐이었다.

모르던 강아지에게조차 깊은 동정심을 보여 주었던 지원이가 뒤늦게 자신이 사람에게 어떤 일을 했는지 깨달았을 때, 그런데 자기 힘으로 어찌하기에 상황이 너무 어려워졌음을 깨달았을 때 느꼈을 자책과 자기혐오를 짐작할 수 있었다. 명진이가 아픔으로써 비로소 지원이는 그걸 털어놓을 수 있었다. 그리고 지금 모양으로 봐서는 그 털어놓음의 상대는 나도, 자기네 담임도 아닌 와니였다. 계속 울부짖다시피 하며 뭔가 털어놓는 지원이의 어깨를 토닥이기도 하고, 볼을 쓰다듬어 주기도 하며 달래는 와니의 모습을 보며 문득 저 녀석 나중에 선생 하면 잘하겠다는 생각이 들었다.

그날 이후 명진이를 다시 보지 못했다. 명진이는 그 상황에서도 도

대체 언제 공부를 했는지 평균 92점이라는 무시무시한 성적표를 남기고는 영영 학교에서 사라졌다.

수학여행을 다녀온 뒤, 거의 일주일이 지나서야 명진이 어머니가 학교에 왔다. 순간, 올 것이 왔구나 하는 생각에 가슴이 덜컥 내려앉았다. 다행히 어머니가 내미는 서류는 내가 생각했던 것이 아니라 휴학원이었다.

"수학여행을 꼭 가고 싶어 했어요. 갔다 오면 바로 휴학할 생각이었죠. 원래 하룻밤만 자면 바로 데리고 올라갈 생각으로 애 아빠랑 같이 부여에 내려가 있었고요. 많이 놀라셨죠?"

"놀라긴요. 제가 면목 없습니다. 더 잘 챙겼어야 했는데."

"아뇨, 저희가 더 죄송하죠. 괜히 억지 부려 너무 힘들게 해드렸어요. 그동안 살펴 주셔서 고맙습니다. 명진이가 작년에 많이 힘들 때 담임 선생님도 모르던 일을 선생님이 알아채고 관심 가져 주셔서 힘이 많이 되었다고 정말 고맙다고 전해 달래요."

"아이고, 제가 무슨…… 제 말도 전해 주세요. 이기고 돌아오라고."

말은 그렇게 했지만 나는 명진이 어머니 얼굴에서 절망을 읽었다. 나도 어머니도 사실은 거의 희망을 갖고 있지 않음을 감출 수 없었다.

그리고 16년이 지났다.

*

"저 다시 못 볼 거라고 생각하셨죠?"

커리어 우먼이 되어 나타난 명진이의 날카로운 목소리가 추억의 막을 내렸다. 거침없이 핵심을 찌르는 중학교 2학년 명진이 그대로였다. 그때는 선생들을 화나게 했다면 지금은 직장의 꼰대 아재들을 화나게 하겠구나 싶었다.

"솔직히 그래. 아, 그런데…… 이렇게 널 보니 아…… 참, 뭐라고 할까……."

"어머, 선생님 또 우세요? 하여간 여전히 울보시라니까."

"무슨 울보씩이나? 그래, 그동안 어떻게 지낸 거야? 왜 연락도 안 했어?"

"다행히 죽진 않았고요. 하하. 치료가 좀 길어졌어요. 언제 끝날지 모르다 보니 다시 복학하기도, 또 고등학교 가기도 좀 애매해져서 치료받으며 검정고시 봤어요. 그래서 그날이 정말 제 마지막 수학여행이 되었죠. 그렇게 대학 들어가고 나서 뵙고 싶었는데 샘 전화번호도 바뀌고, 저도 바쁘게 공부하고 일하고 그러다 보니 이렇게 많이 늦어지고 말았어요. 너무 죄송해요. 저한테 정말 잘해 주셨는데."

"사는 게 다 그래. 나도 뭐, 옛날 선생님들 연락도 안 드린 게 벌써 20년인걸? 16년이면 빠른 거야. 그래서 이젠 다 나은 거야?"

"음, 그게 꼭 그렇지는 않아요. 매주 투석해야 하고, 그냥 병이랑 평생 친구하고 사는 거죠, 뭐. 그리고 샘 저 배에 튜브 박고 소변통 달고 다녀요, 16년째."

"아, 녀석. 무슨 그런 말을 아무렇지도 않게 하니?"

"그래서 저 좋아하신 거 아니었어요? 샘이 저 막 혼내는 척하는 거, 벌주는 척하면서 보충수업 시킨 거 다 알았거든요. 아, 저 선생님은 다른 선생님을 화나게 하는 점을 오히려 좋아하시는구나 하고."

명진이는 다시 중학교 2학년 때 한마디만 들으면 다음 네 마디는 굳이 들을 필요도 없다는 표정을 짓던 당돌하고 건방진 모습으로 돌아가 있었다. 눈가에 잔주름이 조금 생겼을 뿐.

"앗, 죄송한데 이만 가 봐야 할 거 같아요. 클라이언트랑 약속이 있어서요."

명진이가 시계를 보며 슬금슬금 짐을 챙겼다.

"오늘은 그냥 근처 올 일이 있어서 한번 뵙고 싶어서 왔고요, 나중에 시간 내서 꼭 다시 뵐게요."

"그래. 꼭 그러자꾸나. 이거 너무 큰 선물을 받았어. 하하."

그렇게 명진이가 먼저 나가고 나도 슬슬 짐을 꾸려 퇴근할 채비를 했다.

교무실 밖으로 나서 보니 교정 곳곳에 벚꽃이 한창이었다. 여학생들이 교정 구석구석을 예쁘게 채색한 벚꽃 앞에서 서로 사진 찍어 주고 같이 셀피 찍느라 분주했다. 남학생들은 꽃이야 피건 말건 땀을 뻘뻘 흘리며 공을 차며 놀고 있었다.

"유후!"

공연히 흥이 나서 펄쩍 뛰며 벚꽃 가지 하나를 후려쳤다. 꽃잎이 비처럼 쏟아져 내렸다. 그러자 사진 찍던 아이들이 꺄꺄거리면서 흩날리는 꽃잎을 쫓아다녔다.

아차 싶어 손목을 들어 시계를 보았다. 오늘 날짜가?

시계는 흩어지는 벚꽃 그림자로 물든 숫자를 보여 주었다.

4월 16일.

애　　　국

소　년　단

자초지종을 들어볼 생각 따위는 없다. 교사에게
대드는 것으로도 모자라서 혐오 표현까지 하다니.
토착 왜구라고? 만약 신혜정 선생이 단지 일본어
교사가 아니라 어머니가 일본인이거나, 재일교포
출신이었다면 얼마나 끔찍한 일이었겠는가?
이런 끔찍한 표현을 학교에서, 그것도 교사에게?
단호하게 학부모 소환하고 교권위원회에
회부해서 중징계에 처할 일이다.

학생이나 선생이나 여름방학만을 기다리며 하루하루를 힘겹게 보내던 7월 중순의 어느 날이었다.

　"아, 이거 참. 권 부장, 이거 좀 봐요. 이게 대체. 살다 살다……."

　퇴근하느라 주차장을 지나 교문을 향해 어슬렁어슬렁 걸어가고 있는데 최하원 선생이 나를 불러 세웠다. 얼마 전 환갑을 맞았고, 명예퇴직이 확정되어 이번 학기가 마지막이 될 원로 교사다.

　권 부장이라. 나는 그놈의 '부장'이 '선생'보다 높다고 생각하지 않는데, 이상하게 오십 넘어간 교사들은 오십이 넘은 동료 교사를 '선생'이라고 부르지 않고 꼭 부장을 붙인다. 김 부장, 최 부장, 마 부장. 부장 보직이 있으나 없으나 다 부장이다. '선생 됨'을 부끄러워하며 변호사, 은행원, 대기업 직원에 대한 비뚤어진 선망이 반영된 호칭이라고나 할까? 그런데 막상 변호사, 은행원, 대기업 직원은 연금 타령, 정년 타령, 방학

타령 하면서 선생들을 부러워하다 못해 험담을 일삼는다.

　나는 선생 됨을 후회한 적도 부끄러워한 적도 없어 이놈의 부장 소리가 정말 듣기 싫었다. 그래도 어쩌겠는가? 학교에서 제일 연배가 높은 교사가 그리 부르니 나 부장 아님 하며 못 들은 척 할 수도 없다.

　"무슨 일인데 그러시죠? 제가 도와 드릴 일이라도?"

　"아, 도울 것까진 없는데, 그냥 기가 막혀서 그래. 이거 좀 봐요."

　최하원 선생이 손가락을 쭉 뻗었다. 레슬링이 전공인 체육교사라 나이가 느껴지지 않는 단단한 근육질의 팔뚝에서 마치 공격 기술이라도 걸어 보려는 듯 뻗어 나온 손가락이 가리키는 곳에 청회색 프리우스 한 대가 서 있었다. 퇴직하면 전국 일주 다닐 거라며 타고 다니던 경차를 처분하고 석 달 전에 장만한, 아직 시트 비닐도 그대로인 차다. 최하원 선생은 이 차를 사고 얼마나 기분이 좋았는지 교직원들에게 요구르트를 한 병씩 돌리기도 했다.

　그런데 그 새 차 보닛에 스티커가 붙어 있었다.

　'NO Japan'

　NO의 O 자리에 일본 국기를 그려 넣고 그 아래 "사지 않습니다, 가지 않습니다, 먹지 않습니다"라는 자극적인 문구가 쓰여 있는 바로 그 스티커. 떨어지는 매출을 붙들고 싶다는 안간힘으로 일본 음식을 취급하는 식당 입구에마저, 본사가 일본에 있는 것을 뻔히 알고 있는 그런 음식점에조차 붙어 있던 바로 그 스티커.

　"아, 어느 놈인지 붙이려면 유리창에 붙이지. 하필 보닛에 붙여 가지

고선. 나 원 참, 이걸 닮을 수도 없고. 세상이 미쳐 돌아가지 않고서야 이게 뭔 꼴이랍니까?"

최하원 선생이 계속 투덜거렸지만, 내가 도와줄 수 있는 일은 없었다.

"그러게요. 이걸 어쩌죠? 그나저나 대체 어떤 놈이?"

이렇게 맞장구를 쳐주는 것 외에는. 하긴 최하원 선생 역시 누구에게라도 하소연을 하고 싶었을 뿐, 구체적인 도움 같은 건 별로 바라지 않았을 것이다.

어쨌든 덕분에 지하철역에 예상보다 7분 늦게 도착해 두 배로 혼잡해진 지하철을 타고 집에 가야 했다. 그리고 그 보닛 스티커 사건은 빈약한 에어컨으로는 도저히 감당이 되지 않는 분당선 전철의 찜통더위와 함께 깨끗하게 증발했다.

다음 날 아침, 출근길에 주차장을 둘러보니 최하원 선생의 차는 깨끗했다. 인문사회부실에서 컴퓨터를 부팅하고 있는데 신혜정 선생이 문을 왈칵 열고 들어왔다. 그런데 좀처럼 말문을 열지 못하고 미적거렸다. 하긴 20대 여교사가 오십을 훌쩍 넘은 아버지뻘 되는 남교사에게 말 붙이기란 쉽지 않은 일이다. 실제로 신혜정 선생은 내 딸 예니보다 겨우 3살 많았다.

"도와 드릴 일이라도?"

이럴 때는 내가 먼저 말문을 열어 주는 게 매너 아니겠는가? 단 정중하고 깍듯하게. 괜히 부드럽게 말한답시고 아재 개그나 털지 말고.

나는 내 또래나 나보다 나이가 많은 교사에게는 편하게 대충 반말

섞어 말하는 편이지만, 나보다 어린 교사에게는 항상 정중하고 깍듯하게 말했다. 물론 개중에는 그러는 게 오히려 더 어렵게 만든다면서 "아유, 말씀 놓으세요"라고 하는 사람도 있었지만, 어쩔 수 없다. 더구나 상대가 여성이라면.

"정식이가요."

마침내 신혜정 선생이 말문을 열었다.

"아, 김정식 말씀이시죠?"

우리 반 회장 녀석이다. 공부도 잘하고 친구들에게도 친절해 교사와 학생 모두에게 평판이 좋은, 그야말로 모범생이다. 그런데 정식이가 왜?

"정식이가 답안지에……."

신혜정 선생이 OMR 카드 한 장을 책상 위에 올렸다.

"그럴 애가 아닌데 0점이 나와서 무슨 일인가 싶어 봤더니, 답안지를 이래 놨어요."

"0점이라고요? 100점이 아니고?"

나는 놀랍기도 하고 신기하기도 해서 OMR 카드를 들어 보았다.

맙소사. OMR 카드에는 이름과 학번만 정확하게 마킹되어 있었고, 정답란에는 아무것도 표기되어 있지 않았다. 대신 붉은 사인펜으로 쓴 글자가 빽빽하게 적혀 있었다.

일본어 시험을 거부합니다.

사지 않습니다.

가지 않습니다.

먹지 않습니다.

공부하지 않습니다.

선생님도 결단하시기 바랍니다.

가르치지 않습니다로.

"어쩌죠?"

"불러서 이야기해 보셨나요?"

"네."

"뭐라고 하던가요?"

"아무리 불러도 오지 않겠다며 교실에서 꼼짝도 안 해요. 아니, 아예 듣는 척도 안 해요."

"뭐라고요? 이 녀석이."

"게다가 저더러, 저더러."

갑자기 신혜정 선생의 목소리가 바뀌었다. 억지로 울음을 누르고 있는 게 분명했다. 이럴 때는 그냥 아무 말 하지 않고 기다리는 게 좋다. 괜히 위로한다거나 진정시킨다고 말을 꺼내면 오히려 울음이 터지는 수가 있다. 잠시 아무 말 없이 호흡을 가누던 신혜정 선생이 어렵사리 입을 열었다.

"제 말은 듣지 않겠다면서……."

"대놓고 그렇게 말했다고요?"

신혜정 선생이 말없이 고개를 끄덕였다.

"제가 토착 왜구라서 안 듣겠대요."

"맙소사."

침이 꼴깍 넘어가다가 명치 근처에서 막혀 버렸다. 심장 뛰는 소리가 점점 크게 들리기 시작했다.

"정식이가 그렇게 말했다고요?"

"눈을 똑바로 뜨고 노려보면서……. 그래서 전, 무서워서……."

신혜정 선생은 말을 다 잇지 못하고 고개를 숙였다. 우는 모습을 보여 주지 않으려고 의지력을 잔뜩 끌어올리려는 기색이 역력했다.

"알겠습니다. 제가 가서 이야기해 보겠습니다. 단단히 혼내고, 필요하면 교권위원회도 요청하겠습니다."

"교권위까지 여시면 징계받지 않나요?"

"강제 전학도 가능합니다."

"강전이요?"

"그럴 만한 일을 저질렀으면 가야죠. 교권뿐 아니라 혐오 표현까지 했으니 죄질이 매우 무겁습니다. 가볍게 넘어갈 일이 아닙니다."

"그래도, 그건……."

이 상황에서 오히려 애 걱정을 하다니, 거참.

"어쨌든 제가 처리하겠습니다. 신 선생님, 여러 가지로 정말 죄송합니다."

나는 자리에서 벌떡 일어나 30도 정도 허리를 꾸뻑 숙였다.

"어머, 선생님이 죄송하시면 안 되는데."

당황한 신혜정 선생이 몸을 일으켰다. 아무리 같은 학교 동료 교사라고 해도 자기 아버지뻘인 내가 너무 깍듯하게 말하는 게 무척 어려웠던 모양이다.

"그럼 저는 정식이랑 이야기를 좀 해 보겠습니다."

인사를 하긴 했지만 나 역시 어색하긴 마찬가지였기 때문에 얼른 나갈 핑계를 찾았다. 신혜정 선생이 말없이 고개를 끄덕였다. 마치 13년 전 중학교 2학년 학생처럼.

자, 이제 13년 전 중학교 2학년 학생은 잠시 여기 두고, 현재진행형 중학교 2학년을 잡으러 갈 차례다. 하여간 중2병이라는 말이 괜히 나온 게 아니다. 아무리 철이 없다고 하지만 어떻게 감히 교사를 '토착 왜구'라고 부른단 말인가?

자초지종을 들어볼 생각 따위는 없다. 교사에게 대드는 것으로도 모자라서 혐오 표현까지 하다니. 토착 왜구라고? 만약 신혜정 선생이 단지 일본어 교사가 아니라 어머니가 일본인이거나, 재일교포 출신이었다면 얼마나 끔찍한 일이었겠는가? 이런 끔찍한 표현을 학교에서, 그것도 교사에게? 단호하게 학부모 소환하고 교권위원회에 회부해서 중징계에 처할 일이다.

마음속에서는 운젠의 유황천이 들끓었지만 계속 찬물을 들이부어 식혀 가며 교실문을 열었다. 스팀 오른다는 게 이런 거구나 싶었다. 표정을 얼음같이 차갑게 지었지만, 귀에서 계속 수증기가 뿜어져 나왔다.

교실 문이 열리면서 단정한 자세로 앉아 숙제를 하는지 낙서를 하는지 하여간 뭔가를 부지런히 쓰고 있는 정식이의 모습이 서서히 드러났다. 한 치의 흐트러짐 없는 모습을 보니 마음속 운젠 유황천이 다시 활발해졌다. 이제는 스팀 정도가 아니라 유황 냄새가 올라왔다. 그래도 최대한 건조하고 평탄한 목소리로 말했다.

"김정식, 나 좀 보자."

영리한 녀석이라 이미 짐작하고 있었던 모양이다. 비장하면서도 일종의 체념적 달관이 담긴 모습으로 공책을 덮고 저벅저벅 다가왔다. 고개를 숙이거나 용서를 구하는 눈빛은 전혀 없었다. 오히려 '마음대로 하세요. 나는 기꺼이 받아들일 것이니' 하는 모습이었다. 마치 재판 받는 안중근 의사의 표정을 연상시키는, 잘하면 '동양 평화론'이라도 설파할 모습이었다.

긴 말 필요 없이 바로 인문사회부실로 데리고 내려갔다. 신혜정 선생은 이미 자리를 뜨고 없었다.

"앉아라."

정식이가 말없이 앉았다.

"왜 불렀는지 이미 알고 있는 모양이구나."

"네."

꽤 당당했다. 하긴 원래 당당하고 자기표현이 분명한 녀석이니 우물쭈물 말을 얼버무리지는 않을 거라고 짐작했다.

"그럼 무슨 짓을 했는지, 왜 그랬는지 한번 들어 보자."

"저는 사실 신혜정 선생님을 좋아합니다."

허, 이 녀석 중딩 같지 않게 웬 '합니다'체람? 이 필요 이상의 진지함과 정중함이 뭔가 이 녀석이 불안정한 상태에 있음을 보여 주고 있었다. 본인은 모르겠지만.

이럴 때 노련한 교사는 자기 생각을 말하지 않는다. 그냥 추임새만 붙여 주지.

"그래? 어떤 점에서 좋은데?"

"착하시고, 저희들을 많이 사랑해 주시고 훌륭한 선생님이라고 생각합니다."

"음, 그렇구나."

"그래서 더 화가 났습니다."

"화가 나? 왜?"

"저런 훌륭한 선생님이 그런 쓰레기를 가르쳐야 하는 현실이요."

"음, 그러니까 신혜정 선생님이 일본어를 가르치시는 게 싫었다?"

"네."

"그럼, 쓰레기니까 가르쳐서도 안 되고, 너도 당연히 안 배우겠다?"

"네. 물론 불이익은 다 감수할 겁니다. 0점 받을 거니까요. 일본 놈들 하는 거 보세요. 어른들은 저렇게 불매 운동을 하는데, 어차피 우린 돈도 없으니 불매할 것도 없고. 그러니 불학 운동이라도 해야 하지 않겠습니까?"

"아, 안 배우기 운동이라?"

"사지 않습니다, 먹지 않습니다, 가지 않습니다, 그리고 배우지 않습니다."

"음, 그렇구나."

불학 운동이라. 하여간 이 녀석 물건은 물건이다 싶었다.

"선생님도 80년대 세대시니까 이해해 주실 거라 생각합니다."

"으응?"

"시험 거부, 등교 거부 이런 거 많이 하셨잖아요?"

"아, 87년 6월 항쟁 때."

"그때 시험 거부하시면서 학점 걱정 안 하셨을 거잖아요. F 받아도 할 수 없다, 그렇게 생각하고 싸우신 거잖아요. 나라를 위해."

허어, 이거 뭐라고 대답해야 하나? 슬슬 오글거리는 위화감 때문에 목덜미가 가려워지기 시작했다. 내가 별말이 없자 정식이가 계속 영탄조의 말을 늘어놓았다.

"선생님이 언젠가 이런 말씀 하셨어요. 80년대에 대학생들은 학점 높은 게 자랑이 아니었고, 한두 학기 낙제해서 제때 졸업 못 하는 게 부끄러운 게 아니었다고. 선생님도 학점 꼬라박아서 한 학기 더 다니셨다고."

"그래서 너도?"

"네. 저도 일본에 항의하는 뜻에서 일본어 수업과 시험을 거부합니다. 그래도 무단 결과는 안 하고 수업 방해도 하지 않습니다. 다만 배우지 않고 시험을 치지 않을 뿐입니다."

"음, 그렇구나. 하지만 넌 그렇게 행동하지 않았어."

"네?"

"잘 생각해 봐. 어떤 불이익이라도 감수한다고 했지? 과연 그랬니? 선생님이 부르면 가고, 벌을 주면 받았어야지."

"신혜정 선생님께 그렇게 말하면 안 되는 거였어요. 그땐 그냥 화가 나서."

"선생님한테 혐오 표현을 쓰면서 지시에 불응했으니 교권 침해에 걸리는 거 알지?"

"강전 보내셔도 할 수 없어요. 일본어 안 배우는 학교로 전학 가면 되니까."

"그러니까 중국어 배우는 학교로 가겠다? 어차피 강전 가게 될 거?"

"네."

"그러다 중국이 사드 보복 같은 거 또 하면 어쩌고? 이어도가 자기 땅이라고 우기고, 제주도 상공에 전투기 띄우고 그러면? 이번엔 중국어 선생님한테 대들고 또 전학 가게? 어차피 중국어 아니면 일본어밖에 없는데?"

"그럼, 선생님 같으면 어쩌시겠어요? 너무 분하고 화나는데 뭐라도 해야 하는 거 아닌가요?"

"그게 시험이랑 수업을 거부하고 선생님한테 대들고 욕하는 거야?"

이 시점에서 조금 톤을 올렸다.

"그건……."

과연 정식이 기세가 내려가기 시작했다. 바로 이 시점이 일화나 비유를 들려주면서 감정을 가라앉히고 생각할 시간을 줄 타이밍이다.

"음, 너 이러는 거 보니 나 국민학교 5학년 때 일이 생각나네."

"그럼 그때가……."

"1979년."

"엄마가 1978년에 태어났는데."

"그래. 옛날 일이지. 참, 그땐 초등학교를 국민학교라고 부른 거 알지?"

"네. 일제 잔재죠. 황국신민이라는 말의 준말이 국민이니까 그 말도 사실 쓰면 안 되죠."

"음, 국민이 황국신민의 준말은 아니지만, 어쨌든 일본에서 들어온 말인 건 맞아. 그리고 황국신민이라는 말이 일제가 아니라 대한제국 때 나온 말이긴 하지만, 아무튼 40년 전으로 돌아가서, 그때도 개학하는 날 3·1운동 60주년이라고 학교에서 뭔가 잔뜩 준비해서 거창한 행사를 했단다."

"이상하네요?"

"뭐가?"

"그때 박정희가 대통령 하던 때 아닌가요?"

"마지막 해였지. 그해 10월에 죽었으니까."

"그런데 박정희는 친일파잖아요? 친일파가 왜 3·1운동을 기념해요?

그것도 학교에서? 아아, 그럼 그때 그 교장 선생님이 무척 의식 있는 분이셨군요."

"하하. 교장 그 사람 촌지 엄청 밝히고, 공금도 횡령하고, 나중에 전교조 탄압에도 앞장섰는데?"

"그런데 왜 그랬대요?"

"그거야 정부에서 시키니까."

"친일파 정권이 시켰다고요? 박정희는 다카키 마사오라고 일본 이름 쓰던 놈이잖아요? 그런 친일파가 왜 3·1절을 그렇게 챙겨요?"

허, 이 녀석 뭘 잘못 먹었나? 할 수 없이 물어볼 수밖에 없었다.

"박정희 정부가 친일파 정권이라는 말을 어디서 들었니?"

"김희성 선생님한테요."

"김희성 선생님? 아이고. 그분은 박정희 죽고 10년 뒤에 태어나셨는데? 박정희 시대를 살아보지도 않으신 분인데? 나는 박정희 때 학교 다녔고. 잘 들어라. 그때는 오히려 요즘보다 학교에서 독립운동이니 항일운동이니 일제의 만행이니, 이런 거 훨씬 더 많이 배웠어. 심지어 일본 만화, 일본 영화, 일본 노래도 다 금지였고."

"네? 〈마징가 제트〉, 〈은하철도 999〉 이런 거 다 그때 보시지 않았어요?"

"아, 그거? 일본 만화인지 모르고 봤지. 다 더빙해서 우리나라 것처럼 바꿔 버렸거든. 사람 이름, 지명 이런 거 다 우리 식으로 바꿔 버리고. 하여간 그때 우리는 북한이랑 일본에는 사람이 아니라 괴물이 사는 줄 알았어. 그때 있었던 일이야."

꼬치꼬치 물어보는 학생처럼 사랑스러운 모습이 또 있을까? 결국 나는 따끔하게 야단치고 교권침해위원회에 넘기려던 녀석에게 어린 시절 이야기까지 해 주고 말았다. 40년 전, 감추고 싶은 나의 흑역사를.

1979년 3월 2일, 막 5학년이 된 첫날. 나는 몹시 화가 나 있었다. 개학도 화날 만한 일이었지만, 학교에서 보여 준 만화인지 영화인지 때문에 곱절로 더 화가 났다. 제목은 모르겠고 유관순 누나가 나오는 영화였다.

그때는 유관순 열사라고 부르지 않고 누나라고 불렀다. 사실 돌아가신 할머니하고 비슷한 또래니 유관순 할머니라고 불러 드려야 예의에 맞았지만, 열여섯에 순국하셨으니 영원히 누나였다.

어쨌든 영화는 끔찍했다. 정확하게 기억나지는 않는데, 유관순 누나가 3·1만세운동을 주도하다 체포되고, 감옥에서도 계속 만세를 외치다가 잔혹하게 살해당하는 내용이었다. 얼마나 연출이 지독했는지 급식으로 나누어 준 빵이랑 우유에 손도 대지 못할 정도였다.

영화를 다 보고 난 열두 살 소년들의 얼굴에는 마치 일장기 같은 커다란 붉은 원이 만들어져 있었고, 몇몇은 너무 분해서 눈물을 흘리기까지 했다. 그런 씩씩거리는 얼굴을 하고 투덜투덜하며 서예학원에 갔다. 웬 서예학원인가 싶겠지만, 나도 원해서 다니는 게 아니었다. 사실 쭈그리고 앉아서 그냥 후다닥 쓰면 되는 글씨를 느릿느릿 그리듯 쓰는 게 뭔 재미가 있겠는가? 하지만 어머니가 워낙 무서운 얼굴로 강요했기 때문에 싫다는 말을 감히 꺼낼 수도 없었다.

어머니가 나를 서예학원에 밀어 넣은 이유 역시 미적인 것과는 거리가 멀었다. 미적 소양이 아니라 덜렁거리는 버릇을 고치고 '침착성'을 기르기 위해서였다.

물론 별로 소용은 없었다. 서예 때문에 내 성격이 바뀌는 게 아니라 오히려 서예에 내 성격이 반영되었다. 나는 붓글씨도 좋게 말하면 창조적으로, 나쁘게 말하면 산만하게 덜렁거리며 썼다.

거세게 학원 문을 열고 들어갔다.

"안녕하세요."

인사를 했지만 아무 대꾸가 없었다.

학원 친구들 서너 명이 붓으로 마징가 제트, 로보트 태권브이를 그리며 놀고 있었다.

"원장님 어디 가셨어. 30분 정도 있다 오실 거야."

그중 나하고 친한 동진이가 로케트 펀치 날아가는 그림을 그리며 말했다.

"그래?"

새하얀 화선지, 조금만 망치면 먹이 마구 번지는 무시무시한 화선지를 앞에 펼쳐 놓고, 3·1운동 60주년을 생각하며 힘차게 '대한독립만세'를 썼다. 아직도 분이 풀리지 않았는지 글씨도 화를 잔뜩 내고 있었다. '한'의 ㅎ 자가 마치 성난 눈동자처럼 나를 노려보고 있었고, '세' 자는 당장 왜구를 베어 버리기라도 할 것처럼 날카로웠다.

에이 망쳤다. 원장에게 들키지 않으려고 망친 화선지를 꽉꽉 구겨 접은 뒤 완전범죄를 위해 쓰레기통이 아니라 가방에 집어 넣었다.

풍경 소리가 땡깡땡깡 울렸다.

앗, 원장님 오셨다. 나는 마음대로 가져다 놓은 화선지를 제자리에 옮겨 놓느라, 다른 아이들은 마징가 제트, 로보트 태권브이 그림을 치우느라 각자 분주하게 움직였다.

하지만 막상 풍경 소리와 함께 나타난 사람은 원장이 아니었다. 낯선 여자였다. 화장기 없는 얼굴, 어깨까지 늘어뜨린 파마 머리, 단정한 투피스 스커트 차림으로 보아 대학생 같았다. 그 누나는 어깨에는 파란 천으로 된 가방을 메고 있었고, 손에는 책 두어 권과 공책이 포개져 보이는 연두색 파일을 들고 있었다.

막 사춘기에 접어든 소년들이 한순간에 그 자리에서 굳어 버렸다.

"원장님 계시니?"

그 누나가 우리를 빤히 보며 말했다.

우리는 약속이나 한 듯, 말문을 닫고 고개만 좌우로 살랑살랑 저었다.

"어디 가셨구나?"

이번에는 다 같이 고개를 위아래로 흔들었다.

"혹시 언제 오신다는 말씀은 없었니?"

"금방 오신댔어요."

그나마 제일 씩씩한 동진이가 말했다.

"그래? 그럼 기다리지 뭐."

그 누나가 신은 구두가 또각또각 소리를 내는가 싶더니, 어느새 학원 귀퉁이 자리에 앉아 책을 꺼내는 누나 모습이 보였다.

우리는 가능한 그쪽 귀퉁이와 먼 쪽으로 모여서 고개를 맞대고 수근거리기 시작했다.

"누굴까?"

"동생?"

"아닐걸."

"어째서?"

"하나도 안 닮았잖아?"

"그럼 애인?"

"그럴지도."

호기심이 생긴 우리는 슬금슬금 공부하는 누나 근처를 마치 다른 일이라도 있는 척하며 정탐했다. 그런데 갔다 온 애들이 내 팔을 잡고 흔들었다.

"야, 권오석. 저 누나 이상한 책 읽어."

"이상한 책? 혹시 간첩?"

"아니, 그런 거 말고. 글자가 이상해. 무슨 말인지 모르겠어."

"알았어. 내가 한번 볼게."

슬금슬금 근처로 가서 화선지를 찾는 척하면서 누나가 보는 책을 훔쳐 봤다. 그런데 도무지 읽을 수 없는 낯선 글자들이었다. 비록 국민학교 5학년이었지만 이미 중학교 2학년 영어를 독학으로 마치고, 『명심보감』, 『논어』까지 한문으로 읽은 내가 읽을 수 없는 글자라니? 아, 그런데 한자가 중간중간에 씌여 있었다. 한자가 한 절반 정도, 그리고 내가 읽을 수 없는 괴상한 글자가 절반 정도.

그렇다면 대충 짐작 가는 나라 말이 있었지만, 확실한 증거를 찾기 위해 누나가 읽고 있는 책 표지를 보려고 몸을 숙였다.

"일본어였군요."

정식이가 이야기를 끊었다.

"맞아."

나는 다시 이야기를 이어 나갔다.

몸을 숙이다 못해 거의 찌그러뜨리자 그 누나가 읽고 있는 책의 표지를 훔쳐볼 수 있었다. 아니나 다를까 내가 확실히 읽을 수 있는 한자 세 글자가 적혀 있었다.

日本語.

그 순간 안중근 의사의 유묵 '견리사의 견위수명(見利思義 見危授命)' 여덟 글자가 떠오르며 몸이 뜨거워지기 시작했다. 아드레날린 급 분출 반응. 아무리 여자지만 상대는 성인. 그러니 뭔가 위기감을 느끼기 시작했다는 뜻이다. 바로 일본어라는 저 세 글자 때문에.

"누나, 지금 뭐 해요?"

아드레날린을 잔뜩 머금고 어렵게 입을 열었다.

"공부해."

누나가 아무렇지도 않게 대답했다.

"일본어를요?"

"그래."

"왜요?"

"왜라니?"

"왜 일본어 따위를 공부하냐고요."

"어머, 그게 무슨 말이야? 일본 갈 거니까 하지."

누나의 말꼬리가 살짝 올라가기 시작했다.

"일본에 간다고요? 왜요?"

"공부하러."

"배울 게 있다고 뭐 거기까지 가서 공부해요?"

"우리보다 앞선 나라니까."

"우리보다 앞선 나라라고요? 쪽발이가?"

"쪽발이고 뭐고 간에, 앞선 건 사실이잖아? 그럼 우리가 선진국, 일본이 후진국이야?"

"선진국이 일본뿐이에요? 일본 말고도 많잖아요? 미국도 있고, 서독도 있고, 프랑스도 있고. 그런데 왜 하필 일본이냐고요?"

"왜 일본에서 배우면 안 되는데?"

"우리 조상님들을 죽이고 괴롭혔던 놈들, 잔인하고 무식한 놈들, 그런 쓰레기 같은 놈들이잖아요."

"그런 쓰레기 같은 놈들한테 우린 36년이나 지배받았어."

"잡아 늘리지 말아요. 35년 11개월이라고요."

"그래 한 달 줄여서 무척 자랑스럽겠구나."

"그 35년 빼면 우리가 늘 일본을 가르치는 나라였다고요."

"우리가 늘 가르쳤다고?"

"백제 사람들이 가르쳐 주기 전까지는 글자도 못 쓰고 젓가락도 못 쓰던 야만족이었다고요."

"그런데 일본이 잘 배워서 가르쳐 준 나라를 앞지른 거네? 그렇다면 우리는 왜 그러면 안 되는데?"

"아니에요. 그렇지 않아요. 앞지르지 않았어요. 그냥 서양 사람 우리보다 조금 빨리 만나 서양 무기 배워서 힘으로 우릴 지배한 것뿐이라고요. 그것 말고 그놈들이 할 줄 아는 게 뭐가 있는데요? 힘이 세다고 배워야 하나요? 그럼 서울대 학생이 체육대 학생한테 배워야 하나요?"

"일본이 그냥 힘만 세서 우리나라는 한 명도 못 받은 노벨상을 다섯 명이나 받았구나."

"그건……."

갑자기 말문이 막혔다. 그놈의 노벨상. 아, 그렇구나 이렇게 말하면 되겠구나. 나는 코를 수직으로 높이 세우고 말했다.

"돈으로 산 거예요. 돈이 많으니까 노벨상 심사위원한테 돈 주고 산 거라고요."

"아, 그래? 그럼 기름 한 방울 안 나는 나라에서 도대체 그 돈을 어떻게 벌었을까? 그만큼 잘하는 일들이 많으니까 벌었겠지? 그래도 배울 게 없다고?"

"잘하긴 뭘 잘해요? 힘으로 뺏은 거죠. 우리나라한테 그런 것처럼."

"원자탄 맞고 패전국 된 나라가 힘으로 돈을 빼앗았다고? 그럼 미국이 가만있어? 말이 되는 소리를 해라."

"그건 패전하기 전에 일제 시대 때 우리나라한테 빼앗아 간 게 워낙 많아서 그래요. 그게 밑천이 된 거라고요. 그리고 6·25전쟁으로 우리가 힘든 틈을 타서 미군한테 장사해서 돈 많이 벌었고."

정말 5학년이 어쩌면 이리 당돌할까 싶을 정도로 꼬박꼬박 말대꾸를 잘도 했다. 감히 대학생에게 대들고 말다툼을 할 생각을 하다니. 이거야 말로 견위수명이 아니겠는가? 하지만 그 누나는 만만한 상대가 아니었다.

"일본 경제 규모가 우리나라 10배나 되는데 우리나라한테 아무리 많이 빼앗아 가도 그게 가능한 숫자일까? 아니, 그렇게나 많이 빼앗길 게 있는 나라였다면 우리나라가 엄청나게 부강한 나라였단 뜻인데, 얼마나 못났으면 그런 나라를 지키지도 못하고 뺏겨? 그리고 6·25 때 쳐들어온 게 일본이야? 그건 우리끼리 죽고 죽이고 싸운 거잖아? 그 부강한 나라를 배울 것도 없는 무식한 쪽발이한테 내주고, 자기들끼리 싸우느라 다 망한 쪽발이 도로 일어날 기회도 주고, 이게 못난 건지 인심이 좋은 건지 모르겠네."

그야말로 요즘 말로 하면 뼈 때리는 팩트 폭격이었다.

그런데 진짜 재미있는 것은 그 말에 내 신체가 반응했다는 것이다. 어떤 반응을 했느냐 하면, 눈물을 흩뿌렸다. 정말이다. 그냥 흐른 게 아니라 흩뿌리듯이 터져 나왔다. 게다가 아주 뜨거웠다. 광대뼈가 뜨끈뜨끈하게 느껴질 정도로. 나는 더 이상 말을 잇지 못했다.

"히익!"

대충 이런 비슷한 소리를 내뱉었다.

"이익!"

어쩌면 이랬을 수도 있었다. 헤이그에서 이준 열사가 느꼈을 답답함과 억울함이 이런 게 아니었을까 싶은 날카로운 느낌이 창자 깊숙한 곳에서 밀려 올라왔다.

나는 눈물을 흩뿌리며 그 누나에게 달려들었다. 누나가 반사적으로 두 손을 들어 얼굴을 막는 사이 나는 책상 위에 놓여 있던 일본어 책을 집어 들었다.

"야, 뭐 하는 짓이야?"

"이 더러운 거 갖다 버리게요."

"제정신이야?"

누나가 내 손에 들린 책을 잡았다. 하지만 나는 돌려줄 생각이 없었다.

책다리기, 아니 줄다리기가 시작되었다. 누나가 아무리 어른이라고 해도 여자였고, 나는 5학년치곤 꽤 조숙한 편이라 몸집이 그 누나보다 더 컸고, 힘도 셌다. 결국 내가 책다리기의 승자가 되었다.

"내놔!"

마침내 누나에게서 째지는 고음과 함께 눈물이 터져 나왔다. 그러는 동안 마징가 제트를 그리며 놀던 아이들도 슬금슬금 주변에 몰려왔다.

"야, 왜 그래?"

"이거 일본 책이야."

"일본?"

일본이라는 그 한 단어가 아이들에게 주문을 걸었다. 아까까지만 해도 부끄러워 대답도 못했던 소년들의 눈동자 여덟 개가 날카롭게 누나를 노려보았다.

"야, 너희들. 어쩌려고?"

누나의 목소리에서 날카로움이 사라지고 그 자리를 떨림이 대신했다. 그리고 그 책을 포기했다는 표시로 공책을 파일에 담고 가방을 둘러멨다.

"잠깐."

우리 중 덩치가 제일 큰 동진이가 학원 문을 가로막고 섰다.

"비켜."

"가긴 가더라도 이건 보고 가야죠. 야, 그 책 이리 줘."

동진이가 내 손에 들려 있던 일본어 책을 자기 손으로 가져갔다. 돌려줄 마음으로 가져간 것이 아니라는 것은 누구나 알 수 있었다.

힘 자랑이라도 하려는 듯 동진이가 그 책을 단번에 두 동강을 내려고 잡아 비틀었다. 하지만 낱장도 아닌 150장이 넘는 종이가 단번에 찢

길 리 없었다. 한심한 놈 같으니라고.

"야, 이리 줘. 내가 해치울게."

동진이가 두말 없이 책을 내밀었다.

나는 책을 탁자 위에 올려놓은 뒤 먹을 잔뜩 머금은 붓을 들었다. 흔히 펜이 칼보다 강하다고들 하는데, 이 경우는 붓이 완력보다 강하다가 되겠다.

나는 책표지의 '일본어'라는 글자 위에 마치 흑룡이 창천을 날아가듯 일필휘지로 커다랗게 '쪽발이 말'이라고 썼다. 이로써 힘으로 찢어 발기는 것보다 훨씬 효과적으로 그 책의 생명을 끊어 버릴 수 있었으니 말이다.

그 누나가 눈물 반 비명 반 소리를 질렀지만 동진이와 다른 두 명이 나와 그 사이를 가로막고 섰다.

마침 붓에 먹도 많이 남아 있었고, 글씨만으로는 뭔가 허전해 그 아래에 원자 폭탄 터지는 버섯구름도 명암까지 넣어 커다랗게 그렸다. 에라, 기왕 한 김에 책을 뒤집어 뒷면에 '왜놈 앞잡이가 보는 책, 이 책을 볼 때마다 왜놈이 우리에게 한 일을 떠올릴 것. 대한 독립 만세'라고 정확한 궁서체로 또박또박 쓰고 서명을 대신하여 태극기를 그렸다.

그제야 눈물까지 흩뿌리게 했던 창자 속에서부터 끓어 오르던 뭔가가 시원하게 빠져나왔다. 그 대신 가슴을 가득 메우는 뭔가가 나를 풍선처럼 부풀어 오르게 만들었다. 한 걸음만 탁 디디면 한 3, 4미터쯤 붕붕 날아 오를 것 같은 느낌이었다. 공기를 밟고 가는 것 같은 가벼운 발

걸음으로 그 누나에게 성큼성큼 다가가 책을 쓱 내밀었다. 아마 책만큼이나 턱도 내밀지 않았을까 싶다.

"자, 이제 가져가요. 가져가서 이걸 볼 때마다 나랄 생각하고 반성하세요."

하지만 누나는 책을 받지 않았다. 아예 책에는 눈길도 주지 않았다. 그 눈길은 오직 나를 향하고 있었다. 눈물도 흘리지 않았다. 노려보지도 않았다. 이따금 입술과 눈 가장자리가 바르르 떨렸지만, 그 눈길에서는 적대감도 분노도 느껴지지 않았다. 두려움 같기도 하고 슬픔 같기도 한 그런 눈길이었다.

그 눈길을 마주하기 어려웠다. 차라리 적대감이나 분노가 가득한 눈길이었으면 언제까지고 마주 볼 수 있었다. 하지만 두려움과 슬픔을 마주하기는 어려웠다. 그렇다고 눈길을 피하거나 고개를 숙일 수도 없었다.

그때 문이 열리면서 풍경 소리가 불길하게 울렸다. 약간의 담배 냄새를 풍기며 원장이 마치 땅 밑에서 솟아오르는 것처럼 나타났다.

원장의 등장과 함께 나도 그 누나도 동시에 무너졌다. 누나는 그제서야 눈물을 뿜으며 원장의 가슴에 얼굴을 던졌고, 원장은 한편으로는 누나를 토닥거리고 다른 한편으로는 우리를 노려보았다. 이번에는 확실히 적대감과 분노가 느껴졌다.

그다음 일은 마치 꿈처럼 모호하고 초현실적으로 흘러갔다. 원장이 뭐라고 소리를 질렀고, 전화를 했고, 어머니들이 왔다. 그리고 이번에는 어머니들이 또 뭐라고 소리를 질렀다. 하지만 "당장 잘못했다고 빌어!"라는 어머니의 엄명에 거역했던 것만은 선명하게 기억난다.

"싫어요."

"뭐? 싫어?"

"나라 사랑하는 게 잘못인가요? 우린 잘못한 게 없어요. 우린 함께 애국한 거라고요."

"뭐? 멀쩡히 공부하는 다른 학생 책 못 쓰게 만드는 게 애국이라고?"

"그게 왜놈 말이니까요. 우리나라를 못살게 굴고, 유관순 누나를 죽인 왜놈 말이니까요."

내가 이렇게 말하자 다른 셋도 힘을 얻었는지 흑흑거리던 눈물을 멈추고 의연하게 어머니들의 꾸지람을 견디는 모습을 보여 주었다.

그럼, 그럼. 아마 50년 전 우리 독립운동가들도 이렇게 견뎠을 거야. 이런 생각을 하니 갑자기 서로가 자랑스럽게 느껴지기까지 했다. 우린 동지다. 피로 맺어진 동지다.

결국 그 누나와 원장에게 사과하는 몫은 어머니들에게 돌아갔다. 특히 내가 주동이었기 때문에 우리 어머니가 제일 깊게 방아 찧듯 고개를 숙여야 했고, 지갑에서 적지 않은 돈까지 꺼내 주었다.

하지만 우리 넷은 단 한마디도 잘못했다는 소리를 하지 않았다. 아니, 뭘 잘못했다고 우리가 사과한단 말인가? 우린 모두 '애국 소년단'이었다.

실제로 우리는 그날 이후 '애국 소년단'이라는 이름을 내걸고 모였다. 이 땅에 남아 있는 친일의 잔재를 찾아 박멸하기로 하고. 물론 서예 학원은 쫓겨났다. 어차피 다니고 싶지 않았는데 잘되었다 싶었다.

"그래서 어떻게 됐어요?"

"애국 소년단? 그거 일주일도 지나지 않아 없어졌어. 내가 어머니 약 통에서 용각산이랑 정로환을 막 쓰레기통에 버리다 걸려서 정말 죽기 직전까지 얻어맞은 다음에 끝났지 뭐. 휴우."

당장 교권위에 넘겨서 강전 보내야 할 녀석 앞에서 뭐 이런 옛날 이 야기까지 늘어놓았나 싶어 그만 한숨이 나왔다.

"어머님이 무서워서 그만두셨어요?"

"아니. 부끄러워서."

"네? 뭐가 부끄러워요? 애국인데?"

"글쎄다. 그런데, 너 최하원 선생님 차에 No Japan 스티커 붙였니?"

"네? 아뇨."

정식이가 그럴 리가 없다는 듯이 고개를 가로저었다. 머리카락이 원 심력 때문에 일어섰다 앉을 정도였다.

"그건 제 스타일 아니에요. 불매 운동은 해도 일본 사람이나 가게를 공격해선 안 된다고 생각해요. 일본어 시험은 거부하지만 일본 차 찾아 서 막 긁고 이러는 건 안 해요."

"그래? 그런데 난 그렇게 생각하지 않는다."

"네?"

"내가 들려준 이야기, 잘 생각해 봐라. 만약 그 누나가 아니라 원장님이 일본책 보면서 공부하고 있다거나 일본 서예가의 글씨를 보면서 연습하고 있었다거나 했다면, 내가 가서 막 빼앗고 그 위에 태극기 그리고 할 수 있었을까?"

한참 생각하던 정식이가 천천히 고개를 가로저었다.

"그래. 아마 못 했을 거다. 원장님은 남자고 나보다 힘이 훨씬 더 셌을 테니까. 내가 그 누나 책을 빼앗아 그 짓을 할 수 있었던 것은 그게 그 누나였기 때문이야. 여자였고, 어른이지만 덩치도 나보다 작았고, 무엇보다 우린 넷이었으니까. 그게 어머니한테 얻어맞은 다음, 일본 약 찾아 버릴 엄두도 못 내며 덜덜 떠는 나를 보며 내린 결론이었다. 나는 애국을 한 게 아니라 약한 여자를 괴롭혔을 뿐이라고."

"……."

"최하원 선생님 차에 스티커 붙인 게 너였다면 차라리 덜 실망했을 거야."

"네?"

"솔직하게 말해 보자. 만약 신혜정 선생님이 여자 선생님이 아니라 남자 선생님이었다면 어땠을지 생각해 본 적 있나?"

"아뇨. 그건 아직……."

"그럼 지금부터 생각해 봐라. 자, 눈을 감고."

정식이가 눈을 감았다.

"네가 한 일을 다시 떠올려 보자. 단, 신혜정 선생님 자리에 남자 선생님을 넣어 보자. 가령 나 아니면 최하원 선생님, 아니, 생활지도부의 배 선생님 같은 분으로. 그리고 그 자리에서 네가 어떻게 말하고 행동할지 한번 시뮬레이션 해 보자. 솔직해야 한다."

정식이의 감은 눈 아래로 무엇인가 영상이 부지런히 돌아가고 있는지 눈꺼풀이 조금씩 움직였다. 눈꺼풀의 움직임은 처음에는 마치 그 아래 두더지라도 지나다니는 것처럼 울렁울렁거렸지만, 얼마 지나지 않아 미세한 떨림으로 바뀌었다. 떨림이 점점 커지면서 얼굴 전체가 미세하게 흔들리더니 앞으로 푹 숙여졌다.

그 모습을 다 확인하고 나서 나는 수화기를 들고 생활지도부장 내선 번호를 눌렀다.

"교권위 소집할 사안이 있습니다."

자 전 거
도 둑

아마 원익이는 그 자전거를 더 이상 타지 않을
것이다. 하지만 자전거는 어디에나 널려 있지
않은가? 게다가 원익이한테 필요한, 그러나 갖고
있지 않은 물건이 어디 자전거뿐일까? 아니,
그런 아이가 어디 원익이뿐일까? 다 정도 차이일
뿐이지. 한글을 읽을 줄 안다는 것 외에는 어차피
아무것도 모르기는 마찬가지인 아이들도 널리지
않았나?

너무 아름다워 서글픈 가을 아침의 일이다. 마침 1교시 수업이 없었다. 이럴 때 답답한 교무실에 있을 이유가 없다. 학교 뒤뜰의 아름다움을 즐기러 나섰다. 우리 학교는 참 예쁘다. 건물도 예쁘고, 조경도 예쁘다. 특히 큼직한 벚나무들이 곳곳에 자리 잡아 봄에는 연분홍 꽃잎으로 학교를 물들이고, 가을에는 선홍색 빛깔로 운동장에 악센트를 준다. 나라에서 예산을 꽤 많이 배정해 주었다. 경제적으로 그리 넉넉하지 않은 지역이다 보니 이런저런 배려를 꽤 많이 받은 덕이다.

에어팟을 귀에 끼우고 이 날씨 이 풍경에 딱 맞는 곡인 모차르트 클라리넷 협주곡을 틀었다. 3악장까지 들으면 30분. 딱 그 정도 교정을 돌면 몸과 마음이 서늘한 공기와 갈색으로 바뀌어 가는 참나무 잎, 루비처럼 반짝이는 벚나무 잎으로 물들어 상쾌해질 터였다. 그런데 교문 앞 풍경이 뭔가 어수선했다.

학교 보안관이 어떤 할머니하고 옥신각신하고 있었다. 이걸 그냥 지나칠 수야 없지. 오십 넘은 교사는 학교의 이런저런 일에 오지랖이 넓어지기 마련이다. 에어팟을 빼고 천천히 다가갔다.

"안녕하세요."

일단 인사부터 했다.

"아이고, 부장님 안녕하세요."

퇴직 경찰 출신의 학교 보안관은 계급 사회에서 평생을 보내 그런지, 직급도 직책도 아닌 다만 보직에 불과한 부장이라는 호칭으로 사람 부르는 것을 너무 좋아한다. 오십 넘은 교사를 선생님이라고 부르면 마치 큰 실례라도 저지르는 것처럼 생각한다. 오십 넘은 경관을 순경이라고 부른 것처럼.

어쩌면 그에게 학교는 공무직, 공무원, 선생님, 부장님, 교감님, 교장님으로 이루어진 카스트 사회인지도 모른다. 그 속에서 자신은 비록 공무직이지만 공무원으로 퇴직했으니 부장님과 선생님 중간쯤은 되고. 즉, 그가 나를 자꾸 부장이라고 부르는 것은 사실은 내가 아니라 자신을 높이는 것일 수도 있다. 그런 심리 한구석에는 선생님들 대부분이 자신보다 어리고, 더구나 여자라는 점이 크게 작용했을 것이다. 어쨌던 그건 알 바 아니고, 내 궁금증이나 풀어야겠다.

"보안관님, 무슨 일이시죠?"

"아, 이 할머니가 자꾸 학교에 들어가겠다고 해서."

"여기가 학교는 무슨 놈의 학교여? 도적놈의 소굴이지."

잔뜩 흥분한 할머니가 남부 지방임에는 틀림없지만 도무지 어느 지역인지 짐작이 안 가는 기묘한 억양으로 씩씩거리며 말했다.

"아, 이 할머니가 정말. 왜 이러세요? 애들 공부 방해되니까 이러지 말고 그만 가세요. 정 하실 말 있으면 정식으로 민원을 접수하시던가."

"못 가. 도적놈 잡을 때까지는 못 가."

"아니, 다짜고짜 학교에 와서 도적 도적 그러면서 들어가겠다고 하면 안 된다고요. 학교는 민감시설이란 말입니다."

"내 물건 찾겠다는데 당신이 뭔데 막고 그랴?"

"뭐라니? 나, 이 학교 보안관입니다. 이 제복 안 보여요?"

보안관이 자기 유니폼을 손바닥으로 탁탁 쳤다.

"보안관은 또 뭐시기여? 무슨 순경이라도 돼?"

"아, 물론 순경도 했고, 경사, 경위까지 했수다."

어, 이거 뭔가 흥미로운 사연이 있을 것 같다는 느낌이 글감을 찾아 헤매는 작가의 촉수를 건드렸다.

"아, 보안관님. 여기서 계속 이럴 게 아니라, 제가 이분 이야기 좀 들어 드리고 잘 달래서 보내면 될 것 같은데, 어떠세요?"

슬그머니 끼어들었다.

"뭐, 부장님 생각이 그러시면. 그래도 절차는 다 거쳐야 합니다."

안 그래도 성가시기 짝이 없던 터라 보안관도 이게 웬 떡이냐 하며 나한테 폭탄을 넘겼다. 단 행정 절차만큼은 잊지 않았다.

폭탄을 인수받은 나는 살살 뇌관을 피해 가며 말을 붙였다.

"물론이죠. 자, 할머니. 저하고 이야기해 보실까요? 단, 화는 내지 마시고. 어때요?"

"그려요."

보안관이 자꾸 부장님, 부장님 그러니 이 할머니는 내가 학교에서 무슨 결정권이라도 있는 사람인 줄 아는 모양이었다. 보안관을 여봐라 이것아 하는 듯한 표정으로 흘겨보더니 의외로 고분고분 말을 들었다.

"그런데, 학교는 민감한 시설이라 외부인 출입 절차가 있어요. 그냥 막 들어오시고 그러면 안 돼요."

우선 행정 절차부터 내 나름 최대한 친절하게 안내했다. 신분증 맡기고, 출입자 명단 작성하고, 방문증을 발급해서 목에 걸게 했다.

보안관이 이게 웬일이냐는 표정으로 나를 바라보았다. 나는 싱긋 미소 지으며 대답을 대신했다. 사람을 평생 윽박지르며 다룬 경찰관과 평생 달래 가며 다룬 교사의 차이라고나 할까? 혹은 노년기가 되면 기본적으로 성품이 아동과 비슷해진다는 속성 때문이라고나 할까?

어쨌든 갑갑한 교무실에 들어가기 싫어 할머니를 운동장 모퉁이에 있는 정자로 안내했다. 사면체 모양의 지붕이 있고, 그 아래에 나무로 만든 벤치와 피크닉 테이블이 설치된 꽤 운치 있는 곳인데, 심지어 그 앞에는 연못과 분수도 있었다.

확실히 요즘 새로 지은 학교는 내 학창 시절의 집단 수용소형 학교와는 격이 다르다. 그런데 학교 밖 사람들은 모른다. 겉모습만 달라진 것이 아니라 거기서 일하는 사람들도 달라졌다는 생각들을 못한다. 여전히 자기네 다니던 시절의 학교로만 생각하며 일단 욕부터 하고 보는 것이다. 학교도 개혁해야 하지만 학교에 대한 생각도 개혁해야 한다.

하지만 지금은 그런 생각을 할 때가 아니고, 이 할머니한테 그런 말할 이유도 없고. 자, 이제 민원을 한번 들어보기로 하자.

"자, 그럼 이제 이야기해 주시겠습니까? 아까부터 도적놈, 도적놈 그러시는데 무슨 일이 있었죠? 도적놈이라면 저희 학교 학생을 말씀하시는 겁니까?"

"아, 그랑게 말이요."

할머니가 이야기를 시작했다. 구수한 남도 사투리와 남도 화법 덕분에 마치 판소리 한판처럼 장황하고 길었다. 그 사설을 여기에 다 옮기기는 그렇고 요약해 보자면 이렇다.

할머니는 학교 근처 시장에서 부침개 장사를 하시는 분이다. 나름 솜씨가 좋아 주말이면 전통시장 구경하러 오는 젊은이들 상대로 꽤 쏠쏠하게 장사가 된다고 한다. 할머니는 여기서 그리 멀지 않은 곳에서 거의 평생 살았고, 큰딸도 우리 학교를 졸업했다고 한다. 갑자기 친근감이 한 단계 높아졌다. 아무튼 집이 멀지 않다 보니 늘 자전거를 타고 집에서 가게로 가는데, 올해 들어 갑자기 도깨비 같은 일이 일어났다고 한다.

"이놈의 자전차가 내가 타고 가려고 하면 꼭 없당게."

"도둑 맞으셨군요."

"아니, 그때만 없당게로."

"무슨 말씀이시죠?"

"욕을 욕을 하고 걸어서 가게 갔다가 집에 오면, 그때는 자전거가 있어. 원래 있던 그 자리에."

"허어, 거참. 묘한 일이네요."

"어찌나 화딱지가 나는지. 늙은이 약 올리는 것도 아니고."

"그게 얼마나 되셨나요?"

"올해 들어 계속 그런당게로."

"자물쇠를 하시지 그러셨어요?"

"아따 슨상님도 참. 나중에 그 자전차 보시면 아실 거라. 그놈의 자전차가 고물딱지라 자전차 값보다 자물통 값이 더 나갈 판인디, 뭣 땀시 자물통을 하고 지랄을 한당가? 나가 자전차가 아까워서 그라는 게 아니랑게. 괘씸해서. 아주 훔쳐 가 버리면 아따 고물딱지 잘 버렸다 할 것인디. 뭔 짓거리란가 아침에 가져갔다 저녁에 갖다 놓고."

"그런데 우리 학교 학생은 틀림이 없고요?"

"그래서 오늘 아주 날 잡고 장사 안 허기로 하고 어느 놈이 자전차 갖고 지랄을 하나 숨어서 보는디, 이 학교 교복 입은 쪼깐한 녀석이 딱지 것처럼 턱하니 타고 가더라고. 쫓아갈라 혀도 늙은이 숨통이 막힌 게 그놈의 도적새끼 꽁무니가 교문으로 들어가 부는 거밖에 못 보고. 그라고 지금 요로코롬 와 있응게, 그 도적놈의 새끼 당장 잡아다 놓으랑게."

"조그만 놈이라고요?"

"쪼깐햐. 얼굴은 뿌얗고."

"얼굴이 뽀얗고 조그맣다……."

일단 짐작 가는 녀석이 하나 있었다. 하지만 우선 사실 확인부터 하기로 했다.

"할머니, 우선 자전거가 진짜 여기 들어왔는지 좀 찾아볼까요? 그 녀석이 자전거를 끌고 교문 안으로 들어왔다고 하셨으니, 자전거가 학교 안에 있겠죠?"

할머니가 고개를 끄덕였다.

"자, 그럼 일어나시죠."

할머니를 안내하며 학교를 돌았다. 우리 학교는 자전거 등하교를 장려하는데, 분실을 우려하여 가능하면 자전거를 학교 안에 있는 거치대에 세워 두도록 지도하고 있다. 학교 안에는 자전거 거치대가 세 군데 있는데, 정문에서 가까운 쪽에 두 군데, 뒷마당 벤치 구역에 하나가 설치되어 있다.

"저그여, 저그! 쩌그 저것이 내 자전차여."

할머니가 순식간에 자전거를 찾아냈다. 하긴 중학생들이 즐겨 타는 알록달록한 자전거들 틈바구니에 있는 십수 년 된 낡은 자전거가 금방 눈에 안 띄는 게 오히려 신기할 일이었다. 그 자전거 상태는 한마디로 처참했다. 실물을 보고서야 자물쇠 값이 더 나갈 거라는 할머니 말이 비유가 아니었다는 것을 깨달았다. 아니, 저걸 훔쳐 가? 그건 훔쳐 가는 게 아니라 차라리 폐기물 처리비를 대신 내주는 꼴이다.

"나라고 번쩍번쩍하는 새 자전차 끌고 싶은 마음 없는 건 아니지라. 나가 무슨 돈이 없는 것도 아니고. 그란디, 조놈을 끌고 어려운 시절 다 견디고, 아그들 학교 다 보내고 했응게. 그랑게 조것이 그냥 자전차가 아니라 식구 같다 이 말이여. 식구를 어찌 버릴 수 있겠능가? 숨통 끊어질 때꺼정 같이 사는 수밖에 없제. 그랑게 나가 자전차가 아까워서 이러는 것이 아니여. 남의 식구 같은 놈을 어쩧게 말도 않고 쓰냐는 거여. 나도 다 자식 키운 사람이고, 이 학교 학부모였던 적도 있는 사람인디, 정히 자전차를 써야 할 사정이 있으면 나헌티 말허면 나가 안 된다고 하겄어?"

내가 자전거 상태를 보고 놀라는 기색을 눈치챈 할머니가 재빨리 변명 아닌 변명을 장황하게 늘어놓았다. 마치 그 자전거 상태를 보고 내가 자전거 주인의 상태를 미루어 짐작이라도 할까 걱정이라도 하는 양했다.

정말 나를 그런 사람으로 취급했다면 모욕감을 느꼈겠지만, 난 다른 사람 마음을 그렇게까지 복잡하게 배배 꼬아 이해하는 사람이 아니다. 오히려 오랜 세월을 함께한 가족 같은 자전거, 이제는 주인의 영혼 일부가 깃들어 있을지 모르는, 정말 주인만큼이나 늙어 버린 자전거를 보며 무어라 말할 수 없는 감회에 젖을 뿐이었다.

이렇게 이야기가 많이 깃들어 있을 자전거를 마치 제 것인 양 함부로 쓰는 녀석이라면 잡아서 혼을 내 주는 게 마땅하다. 이건 비유하자면 가족을 멋대로 끌고 가서 원하지 않는 일을 시키는 것과 다름 없다.

"걱정 마십시오. 제가 꼭 그 녀석 잡아서 사과시키겠습니다. 연락처 하나 남겨 주세요."

진심이었다.

"아이고, 슨상님, 참말로 고맙습니다."

아마 이것도 진심이었을 것이다.

어쨌든 사정 이야기 다 하고, 내가 약속도 하자 할머니는 분이 풀렸는지 이런 말까지 했다.

"여그 가게 주소랑 약도 있응게, 그놈 이리 데려 오소. 그라고 이거 말고라도 나중에 우리 가게 꼭 오시고요, 잉? 부침개에 막걸리 한 통 받아 드릴 텡게."

교문을 나서는 할머니의 가벼운 발걸음과 분이 다 풀린 뒷모습을 흐뭇하게 바라보다 보니 1교시 끝종이 쳤다. 이런, 꿀 같은 공강 시간이 끝나 버렸다.

그러면 안 되지만 수업 내내 자전거 생각이 났다. 그렇다고 수업을 건성으로 한 건 아니지만 어쨌든 평소보다 수업 집중력이 떨어진 건 사실이다. 그럭저럭 6교시 수업까지 마친 후, 아이들에게 미안한 마음을 한 자락 간직하고 서둘러 자전거 거치대로 걸음을 옮겼다. 부장 보직을 맡은 덕분에 학급 담임을 맡지 않아 종례나 청소 지도가 필요 없으니 용의자보다 내가 한 발 앞설 수 있는 유리한 상황이다.

그렇다고 거치대 앞에서 눈에 불을 켜고 있으면 그 녀석이 눈치를 챌 테니 거치대가 눈에 들어오는 정도에 있는 벤치에 앉아 마치 다른 볼 일이라도 있는 양 스마트폰도 보고 전화도 하는 척했다. 그러다 지루해져서 넷플릭스를 열었다. 한눈으로는 넷플릭스로 〈빅뱅이론〉을 보고, 다른 눈으로는 고철이 되기 직전 상태인 할머니의 자식 같은 자전거를 보았다. 어쩌면 이 분위기에는 〈빅뱅이론〉보다는 〈기묘한 이야기〉가 더 어울릴 것 같긴 했지만.

〈빅뱅이론〉 에피소드 하나를 채 반도 보기 전에 범인이 나타났다. 할머니가 말한 대로 조그마한 체구에 뽀얀 피부를 가진 녀석이 그 고철(고물이라고 부르기도 민망했다) 위에 올라타고 있는 모습이 보였다.

단번에 누군지 알아볼 수 있었다. 1학년 4반 조원익이다. 사실 이미 95퍼센트 정도 예상하고 있었기 때문에 아주 먼 거리에서 실루엣으로 봤더라도 "조원익이다!" 했을 것이다. 사람은 보는 대로 믿지 않고 믿는 대로 보는 법이니.

저 자그마한 어린 학생을 그렇게까지 의심하는 건 절대 근거 없는 편견이 아니다. 나는 나름 추리를 했다. 그 추리의 흐름을 펼쳐 보면 이렇다.

첫째, 작년에는 이런 일이 없었다는데 올해 들어 이런 일이 생겼다. 이는 올해 처음 우리 학교 학생이 된 학생과 관련이 있다는 뜻이다. 그렇다면 신입생 중에 범인이 있을 가능성이 크다. 하지만 전입생의 가능성도 있으니 이것만으로는 단정할 수 없다.

둘째, 할머니의 증언에 따르면 몸집이 작고 얼굴이 뽀얀 녀석이 자전거를 제 것처럼 타고 갔다고 했다. 그렇다면 전입생보다는 1학년 쪽으로 가능성이 확 줄어든다.

셋째, 그런데 이건 일반적인 절도 사건이 아니다. 비싼 자전거를 가지고 내뺀다거나 하지 않고 단지 그 자리에서 쉽게 쓸 수 있는 자전거를 그게 누구 것인지 생각하지 않고 그냥 쓴 사건이다. 훔쳤다기보다는 거기에 있어서 쓴 것이다. 즉, 특별히 범죄 의도가 있는 게 아니라 소유나 규범의 관념 자체가 희박해서 저지른 일이다. 절도는 그게 범죄라는 것을 의식하고 저지르는 일이다. 이번 일은 자기가 뭘 잘못했는지도 모를 녀석이 저지른 일이다.

넷째, 1학년 중 몸집이 작고 얼굴이 뽀얗고 도무지 소유나 규범에 대한 관념이 없는 녀석으로 범위가 좁혀졌다. 그렇다면 거기 해당되는 인물은 하나밖에 남지 않는다. 조원익.

하지만 이번에는 멀리서 실루엣을 보는 것도 아니다. 그냥 눈앞에서 조원익이 저 고철에 올라타고 있다.

지금부터는 타이밍이다. 지금 불러 세우면 "어, 이거 내 건 줄 알았는데?" 그러면서 재빨리 내려 버릴 거다. "무슨 소리야? 이거 네가 멋대로 남의 자전거 타고 온 거잖아?" 이렇게 다그치면, 사슴 눈을 뜨고 그 뽀얗고 자그마한 얼굴로 30도 위를 바라보며 "제가요? 아닌데요? 이건 누가 여기 갖다 놨는지 모르겠는데요?" 이렇게 대답할 것이다. 그러니 반드시 자전거를 타고 이동하는 순간에 잡아야 한다.

마침 녀석은 내가 자기를 보고 있는지도 모르고 자전거 페달에 발을 올렸다. 하긴 내가 보고 있는 것을 알아도 내가 그 고철 자전거 도둑을 찾는 중이라는 것을 모를 테니 별로 신경 쓰지 않았을지도 모른다. 어쨌든 이제 현장을 딱 잡았다.

　"조원익!"

　"예? 사회 샘? 안녕하세요."

　녀석이 뒤를 돌아보더니 자전거를 멈추고 두 손을 들어 흔들었다. 세상에 내 딸 예니한테도 이렇게 반가운 인사는 받아본 적이 없었다. 하지만 나는 저 반가워하는 마음이 진심이라는 것에 대해서는 조금의 의심도 하지 않았다. 녀석은 언제나 나를 좋아했고, 나만 보면 마치 키우던 강아지마냥 팔짝거리며 반가워했다. 내 수업 내용을 10퍼센트도 이해하지 못하고, 수업 시간에 나하고 나누는 대화의 절반이 꾸지람인데도 뭐가 그렇게 좋은지 도무지 이해할 수 없었다.

　하마터면 내가 무슨 치명적인 매력이라도 가지고 있나 보다 착각하기 직전까지 갈 무렵, 녀석은 그 환상을 산산조각 내버리는 만행을 저질렀다. 반항이나 거친 행동을 해서가 아니었다. 나 말고 다른 선생님들도 다 좋아하는 모습을 보여 주었기 때문이다.

　나는 이런 면에서는 꽤나 편협한 자유 시장주의자다. 나에게 사랑과 존중은 희소한 가치다. 나는 학생들로부터 이 희소한 사랑과 존중을 받아내기 위해 그에 상응하는 교육을 제공하려고 많은 힘을 쓴다. 그러니 학생들이 내가 보기에 그 정도 가치가 없는 교사에게 나와 비슷한 정도의 사랑과 존중을 보내는 것이 싫을 수밖에.

학생은 자신이 베풀 사랑과 존중이 제한되어 있음을 알아야 한다. 그래서 이 제한된 사랑과 존중을 그 효용이 극대화되도록 적절히 분배해야 한다. 그렇지 않다면 그 사랑과 존중에 무슨 가치가 있으며, 교사를 무엇으로 자극하여 더 좋은 교육을 하도록 이끌겠는가? 사랑과 존중은 차등 분배되어야 한다. 그래야 더 많은 사랑과 존중의 기쁨을 누리기 위해 교사는 교사대로, 학생은 학생대로 더 열심히 가르치고 배울 것이다.

하지만 조원익은 아무나 자기가 알고 있는 선생이기만 하면 무조건 좋아했다. 물론 그게 정말 사랑과 존중인지, 아니면 단지 옥시토신이 분비되어 나타나는 반응인지 따져 볼 여지는 있었다. 그런데 그렇게 선생님들을 좋아했지만 귀염받느냐 하면 그건 또 전혀 아니었다. 과목을 가리지 않고 매시간 야단맞는 게 일이었으니 말이다. 어쩌면 야단맞는 것을 즐기는 게 아닐까 하는 생각마저 들 정도였다.

"내려."

"네."

녀석은 군말 없이 내렸다. 그리고 그 자전거와 고철의 중간쯤 되는 물건을 붙들고 비스듬히 섰다.

"그게, 집에 놓고 왔어요."

이건 또 무슨 소린가?

"헬멧이요."

아, 이 녀석은 지레짐작으로 내가 안전모 안 쓰고 자전거 타는 걸 지적하려는 줄 알았나 보다. 하여간 이 녀석은 이런 식으로 물어보기도 전에 먼저 변명부터 하는 경우가 많았다. 눈치가 어찌나 빠른지 그중 3분의 2 정도는 내가 뭐 물어볼지 어떻게 알았어 소리가 나올 정도로 맞아떨어졌다.

"안전모 때문에 부른 거 아니야. 그건 나중에 생활지도부장 선생님한테 따로 이야기 듣고. 난 다른 이유로 이야기 좀 해야겠어."

"네? 왜요?"

미리 던진 변명이 빗나가자 그제서야 걱정이 되는지 녀석이 눈을 동그랗게 뜨고 날 쳐다봤다. 하지만 그 눈빛에는 두려움 따위는 전혀 보이지 않았다. 이건 악동들이 변명하느라고 "왜요?" 하는 것과 차원이 달랐다. 정말 왜 보자고 하는지 궁금해서 물어보는 것이었다.

"이거 네 자전거 아니지?"

"맞는데요?"

원익이가 도무지 영문을 알 수 없다는 표정으로 사슴 같은 눈을 동그랗게 뜨고 나를 올려다보았다.

이런, 귀엽다. 정말 귀엽다. 저 조그맣고 깡마른 몸집에 뽀얀 피부. 어찌나 부드러운지 마치 마시멜로 같았다. 게다가 저 변성 안 된 보이 소프라노 목소리.

거기에 넘어가면 안 된다. 녀석은 저 얼굴, 저 목소리로 입만 털었다 하면 깜짝 놀랄 정도로 거친 욕설을 쏟아내고, 다른 친구들 물건을 제 것처럼 가져가는 악동이니까. 저 천진난만한 표정은 오직 교사 앞에서만 짓는 표정이다.

뭔가 길이 막혀 버렸다. 애초에 질문이 틀렸다. 이거 네 것 아니지 하고 물어보면 원익이는 무조건 다 자기 것이라고 대답하는 녀석이다. 방금 내 눈앞에서 다른 친구 물건 집어가는 걸 봤는데도 누구 거냐고 물어보면 자기 거라고 대답할 것이다. 빌려줬던 거 다시 찾아가는 거라는 천연덕스러운 핑계를 대며. 이 천연덕스러운 거짓 핑계를 만드는 데 0.1초도 걸리지 않았다. 결코 머리가 나쁜 녀석이 아니다.

그러니 당연히 자기 자전거라고 대답할 것이다. 게다가 녀석은 어떤 면에서는 사회주의적인 사고방식을 가지고 있었다. 공유 경제의 선구자라고나 할까? 하지만 불완전 공유 경제. 자기 물건은 자본주의 세계에 속해 있고, 다른 사람 물건은 사회주의 세계에 속해 있다는 의미에서의 공유 경제.

가령 지우개가 필요한데, 마침 옆자리 친구에게 지우개가 있으면 녀석은 그냥 가져다 쓴다. 쓰는 순간에는 자기 지우개다. 그리고 다 쓰고 나면 관심의 대상이 아니다. 필요한데 주인이 직접 쥐고 있지 않은 물건이라면 이건 공유재이며 필요한 사람에게 귀속된다. 그리고 그 필요를 다 했으면 다시 공유재로 돌아간다. 즉, 아무 데나 던져 놓고 갈 뿐이다.

질문을 녀석 수준에 맞게 바꾸었다.

"이 자전거 돈 주고 샀니?"

"아뇨."

이제야 제대로 대답이 나왔다. 여기서부터 스무고개로 좁혀 가면 된다.

"그럼 누가 준 거니?"

"아뇨."

"그럼 어디서 났는데?"

"OO시장 앞에서요."

이런, 내가 또 잘못했다.

일반적으로 어른이 아이에게 "이거 어디서 났어?" 이렇게 물어볼 경우에는 그 물건을 가지고 있을 수 있는 정당성이 있는지 따지는 것이다. 어디서라고 물었지만 실은 '어떻게' 혹은 '누구로부터'를 물어보는 것이다. 하지만 녀석은 그렇게 듣지 않는다. 문자 그대로 내가 자전거를 얻은 장소를 물어본 것으로 생각한다. 영어는 알파벳도 못 읽는 녀석이 이럴 때는 한국어를 꼭 영어처럼 이해한다.

"그 시장 입구에 파전 파는 가게 앞에."

내가 잠시 후회하며 멍 때리자 녀석은 내가 그 장소를 모르는 것으로 판단하고 상세하게 위치를 설명하기 시작했다.

"음, 파전? 알았어. 이제 어딘지 알겠어."

나는 장소를 아주 자세히 설명하려는 녀석의 말을 일단 끊었다. 여기서 끊지 않으면 아마 학교에서 그곳까지 찾아가는 방법, 그리고 가는 길에 있는 온갖 가게, 그 가게에서 파는 물건까지 자세하게 늘어놓을 터였다. 확실히 그런 걸 다 기억하는 걸 보면 머리가 나쁘지 않은, 아니

좋은 놈이다.

자, 이제 어쩐다?

교육목표는 분명하다. 아무리 자물쇠 없이 놓여 있는 낡은 자전거라도 자기가 돈을 주고 사거나 누군가가 써도 좋다고 허락하지 않았다면 함부로 타거나 건드려서는 안 된다는 것을 이해시켜야 한다. 그래서 그 이해의 결과로 할머니에게 찾아가 자전거를 돌려드리고 사과하는 것이다.

문제는 이걸 어떻게 가르치느냐 하는 것이다. 경찰이라면 잡았으면 그만이고, 이놈 목덜미를 움켜쥐고 자전거와 함께 할머니 앞에 질질 끌고 가면 될 일이지만, 교사가 된 덕분에 일단 잡고 나니 그때부터 골치였다. 이걸 어찌해야 하나?

"샘, 가도 돼요?"

내가 말 없이 있는 시간이 길어지자 녀석이 슬그머니 몸을 빼려 했다.

"아니. 아직 안 돼. 우선 그 자전거 좀 세워 놓자."

"네."

녀석이 순순히 자전거를 학교 벽에 걸쳐 세워 놓았다. 스탠드도 어디로 달아나고 없는 자전거라 그런 식으로 세워 놓는 수밖에 없었다. 집에 늦게 가서 억울하다거나 짜증나는 기색은 전혀 없었다. 집이라고 해 봐야 방 한 칸, 부엌 한 칸인 곳에서 네 식구가 뒤엉켜 살아가고 있으니 딱히 빨리 가고 싶은 곳도 아닐 것이다. 오히려 녀석은 학교에 머물러 있는 것을 더 좋아했다. 물론 남아서 방과후 수업을 한다거나 공부

방에 간다거나 하는 건 싫어했다. 그냥 깨끗한 화장실, 집보다 훨씬 넓은 교실을 좋아했을 것이다.

"집 하나에 여섯 세대가 살고 있더라고요."

언젠가 가정 방문을 다녀온 사회복지사의 말이 떠올랐다.

"그리고 그 여섯 세대가 마당에 나와 있는 화장실, 아니 변소를 같이 써요. 집 안에 있는 화장실은 주인집 거라고."

처음 그 이야기를 들었을 때는 도무지 믿을 수 없었다. 80년대도 아니고 2020년을 눈앞에 두고 있는데 웬 달동네 드라마 히트 치던 시절 이야기란 말인가? 그래서 틈날 때마다 동네 답사를 다니고, 동네 부동산도 들르고 하면서 그게 사실이라는 것을 확인했다.

차라리 모르는 게 나을 뻔했다. 알고 나니 도저히 조원익, 저 녀석을 모질게 대하는 게 너무 어려워졌다. 단호하게 꾸짖기도 하고 벌도 주고 해야 했지만 그때마다 스무 명이 지저분한 변소 앞에 발을 동동 구르며 줄 서 있는 모습, 비좁은 방 한 칸에 네 식구가 칼잠을 자고 있는 모습이 떠올라 차마 하지 못했다.

하지만 저 천진난만한 표정에 속으면 안 된다. 어쩌면 저 녀석은 굴곡 없이 살아온 나보다도 더 세상을 잘 아는 닳고닳은 녀석일 수도 있다. 실제로 저 천진난만하고 불쌍한 표정에 복지사 선생님한테 들은 정보가 중첩되면서 몇 차례 녀석의 거짓말에 속아 넘어가 땅을 친 적이 한두 번이 아니었다.

"귀엽고 자그마하다고 해서 그 속까지 그럴 거라고 생각하면 큰일

나요."

　나보다 훨씬 거친 세계의 실정을 잘 아는 복지사가 녀석에게 번번이 속아 넘어가는 담임 선생님이 눈물을 흘릴 때마다 위로하면서 한 말이었다. 나이 많은 나조차 속아 넘어가는데 그야말로 부잣집 따님으로 겨우 27년 남짓 살아온 담임 선생님이야 오죽했을까?

　녀석은 거의 첫 수업 시간부터 눈에 확 띄었다. 자꾸 엉뚱한 질문을 해댔기 때문이다. 물론 나는 학생들이 수업 시간에 질문하는 것을 장려한다. 질문이 반드시 수업 내용에 대한 것이라야 한다는 제약도 두지 않았다. 사실 어떤 질문을 하더라도 그 질문을 활용하여 수업 내용과 연결시켜 학습으로 이끌고 갈 수 있다는 자신감을 가지고 있기도 했다. 그게 바로 베테랑 교사의 능력 아닌가?

　그럼에도 이 녀석의 질문은 상상을 초월했다. 1학년 사회 첫 시간의 내용인 지리 정보를 가르치고 있었다. 그중 가장 기본이 되는 위도와 경도를 설명하기 위해 영화관의 좌석 번호를 예로 들고 있었다.

　"위도는 지도의 가로줄, 경도는 지도의 세로줄입니다. 그리고 가로줄과 세로줄이 만나는 지점이 좌표죠. 이러니까 막 수학 같지만, 실제로 여러분이 일상 생활에서 이렇게 위치를 알아내고 있답니다. 가령 영화 보러 갔을 때 자리를 어떻게 표시하죠? 맞아요. 몇 열의 몇 번 이렇게 찾죠? 그래서 좌석 배치도 보면서 가로로 몇 번째인지 세고, 다시 세로로 몇 번째인지 세어서 앉을 자리를 찾죠? 지구상의 위치도 이렇게 지구 위에 가상의 가로줄, 세로줄을 그어서……."

이런 식으로 이야기 하고 있는데 고개를 처박고 있던 조원익이 갑자기 웃음을 터뜨리면서 느닷없이 이렇게 물었다.

"샘, 샘. 여자 가슴 만지면 왜 흥분해요?"

"뭐?"

나도 아이들도 모두 당황해서 교실이 3분간 완전 침묵에 빠져들었지만, 녀석 혼자 다들 왜 그러는지 이해 못 하겠다는 모습으로 낄낄거리고 있었다. 그러더니 친절하게 부연 설명까지 했다.

"아니, 방금 형이 문자 했는데, 지금 섹스 하고 있는데 가슴 만지니까 막 흥분된다고. 으ㅎㅎㅎ."

얼굴 어디에도 수업을 방해하고 분위기를 곤란하게 만듦으로써 즐거움을 구하는 그런 흔적은 나타나지 않았다. 그 얼굴에는 그야말로 이 즐거움을 다른 사람과 나누고 싶다는 마음, 그리고 궁금한 것을 당장 알아야겠다는 조급한 호기심만 드러나 있을 뿐이었다.

그렇다고 이런 질문까지 들어줄 수는 없는 노릇이었다. 물론 당황해서도 안 된다. 교사는 이런 상황도 태연하게 아무 감정 드러내지 않고 처리해야 한다.

"지금 그거 공부하는 시간이 아니잖아? 정 궁금하면 조금만 참았다가 수업 끝나면 내 자리에 찾아오너라. 수업 중에는 공부하고 있는 거 아닌 다른 이야기 불쑥불쑥 하면 안 된다."

이럴 때는 그 질문의 내용을 걸고 넘어질 것이 아니라 다만 수업에서 너무 많이 벗어난 주제라는 것을 강조하는 것으로 충분하다.

"그래도 막 궁금하고 그럼요?"

"넌, 오줌 마려우면 길 가다 아무 데나 막 싸고 그러니? 아니면 화장실 나올 때까지 참고 기다리니?"

"화장실 나올 때까지 참아요."

"말하는 것도 똑같다. 하고 싶은 말이 있어도 해도 될 때까지 참았다 하는 거다. 알겠니?"

"네."

대충 이렇게 넘어가긴 했지만, 약효가 얼마나 갈지는 장담할 수 없었다. 잘해 봐야 내 수업 시간에만 통할 것이고, 어쩌면 이 시간 지나면 아예 증발할 수도 있었다.

이게 내 시간이 아니라 답답할 정도로 엄한 선생님 시간이었다면 어떻게 되었을까? 눈앞이 번쩍거릴 정도로 혼이 났겠지. 왜 혼나고 있는지는 전혀 모른 채. 그래서 그냥 저 선생이 나를 미워한다고 생각하겠지. 만약 젊은 여자 선생님 시간에 불쑥 저런 질문을 했다면? 생각만 해도 난감하다. 교권 침해, 성희롱 사건으로 처리되었을 것이다. 물론 본인은 뭐가 잘못되었는지 전혀 모르는 가운데.

당연히 동급생들은 원익이를 꺼렸다. 하긴 꺼리지 않아도 같이 놀 만한 거리도 없었다. 원익이는 용돈이란 것이 없었다. 지하철 요금을 내지 못해 이런저런 체험 활동을 갈 때마다 복지사가 교통비 지원을 받아 처리해 주곤 했다. 그러니 누가 같이 가자고 초대하지 않는 한 PC방을 갈 수도, 군것질을 하러 갈 수도 없었다.

그렇다고 녀석이 게임을 안 하고 군것질을 안 하는 건 아니었다. 게임을 하고 싶으면 누가 같이 가자고 하거나 말거나 PC방에 가서 아는 애가 있으면 "야, 나도 하자" 그러면서 그 컴퓨터 앞에 앉아 버리면 그만이었다. 그렇게 다른 아이가 지불한 컴퓨터 앞에 앉아서 롤이 되었건 오버로드가 되었건 원없이 놀았다.

이렇게 되면 딱하게 된 쪽은 먼저 돈을 낸 아이다. 뭐라고 말도 못하고 뻘쭘하게 자기가 돈 낸 시간이 째깍째깍 소모되는 것을 구경하는 수밖에 없었다. 그런데 더 기가 막힐 일은 다른 아이들이라고 해서 용돈이 그리 넉넉한 편은 아니라는 것이다. 어차피 이 동네 아이들 주머니 사정이라고 해 봐야 오십보백보다. 원익이처럼 용돈이 아주 없거나, 아니면 아끼고 아껴서 겨우 PC방에서 게임 한 판 하거나 떡볶이 한 그릇 사먹는 게 고작인 수준이다. 그런데 이렇게 벼르고 별러서 게임 한 판 하는데 그 시간을 원익이가 다 쓰고 있으니 이건 한 달 치 용돈을 빵 뜨는 거나 다름없는 행위였다.

군것질이라고 다를 것 없었다. 그냥 먹고 싶은 게 있으면 가져다 먹었다. 그래도 가게에서 직접 들고 가지 않는 게 용했다. 아마 몇 번 그러다 경을 쳤겠지. 대신 누군가 아는 아이가 자기가 먹고 싶은 것을 사먹고 있는 모습을 보면 "야, 나 한입만" 그러면서 덥썩 주둥이를 들이밀었다. 당연히 그렇게 한입 크게 뜯기고 난 다음에도 나머지 부분을 계속 먹을 배포 좋은 아이는 없었다. 그냥 원익이한테 다 내주는 수밖에.

심지어 녀석은 여학생들 물건도 함부로 건드렸다. 어느 날 재미있어

죽겠다는 표정으로 나를 불렀는데, 그 꼴을 보고 나는 재미는커녕 전날 먹은 것까지 토할 뻔했다. 형형색색의 헤어 롤 열댓 개를 머리 구석구석에 골고루 끼우고는 신난다고 자랑하는 모습이라니.

어디서 났냐고 물어보려는 찰나 녀석이 행동으로 대답을 대신했다. 마침 옆에 지나가던, 아니 최대한 그 옆을 피해서 가려던 어느 여학생을 기어코 쫓아가서 앞머리에 끼워져 있던 헤어 롤을 확 잡아챈 것이다. 일단 원익이 손이 닿자 그 학생은 방사능에 오염이라도 된 양 헤어 롤을 빼서 땅바닥에 던져 버렸고, 결국 그 헤어 롤은 원익이 머리에 꽂힌 열일곱 번째 헤어 롤이 되었다.

"무서워서 뭐라고 말도 못하겠어요."

원익이 때문에 못살겠다며 애원하는 아이들에게 "싫어라고 왜 말하지 못했니?" 하고 담임 선생님이 물어보자 아이들이 이구동성으로 한 말이었다. 그때 아직 경력 3년밖에 안 되는 젊은 담임 선생님은 도저히 이해하지 못하겠다는 표정으로 슬며시 나를 바라보았다. 뭔가 조언을 구하려는 것이었지만, 아이들이 보는 앞에서 선생님 위에 선생님 이런 느낌을 주지 않으려고 입을 굳게 다물었다.

하긴 이해 못하는 게 당연했다. 원익이 때문에 못살겠다며 호소하는 아이들 중 원익이보다 몸집이 작은 녀석은 아무도 없었다. 심지어 콧김만으로도 원익이 정도는 날려 버릴 것 같은 덩치 큰 녀석까지 무섭다며 애원하는 판이었다. 그건 부잣집에서 귀염받는 우등생 고명딸로 자라서 이제 갓 세상에 발을 디딘 젊은이가 이해할 수 있는 세계가 아니었다.

이런 경우 원인은 대체로 워낙 기세가 막 나가기 때문에 거기에 질렸거나, 아니면 주변에 무서운 사람들이 많이 있거나이다. 원익이의 경우는 아무래도 후자일 가능성이 컸다. 가령 어떤 아이가 "난 아빠한테 죽었다. 주먹으로 막 때릴 텐데 어쩌지?" 이러면 원익이는 "주먹? 우리 아빠는 망치로 때려" 이렇게 한마디 보탠다. 그럼 그 말을 들은 다른 아이들은 모두 얼음처럼 굳을 수밖에 없다. 도대체 어떤 가정에서 아이를 망치로 두드려 팬단 말인가? 그 밖에도 다른 아이들을 얼음으로 만들어 버린 원익이의 말은 꽤 많다.

"어제 형이 칼에 찔려 체육복으로 피 닦아 주다 버렸어요."

이게 왜 체육시간에 교복 입고 나왔냐는 체육 선생님 물음에 대한 대답이었다.

"삼촌이 내일 감옥에서 나와요."

이건 체험학습에 가지 못하는 사유라며 담임 선생님한테 한 대답이었다. 그 말을 들은 아이들은 물론 담임 선생님까지 얼음이 되었음은 물론이다.

처음에는 허세 부리느라 지어 댄 말인 줄 알았다. 그래서 생활지도 부장이 출신 초등학교에 가서 정보 수집을 해 왔는데, 모두 사실이었다. 망치도, 삼촌도.

"엄마는 도망갔고 할머니, 아빠, 형이랑 같이 사는데, 곧 삼촌까지 들어오면 그 한 칸에 다섯 식구가 사는 거야. 아, 그러다 아빠가 들어가면 다시 넷 되겠네.”

생활지도부장이 고개를 절레절레 흔들며 한 말이다.

“아빠도?”

“그 아빠라는 자도 삼촌이랑 똑같이 들락날락하나 봐. 완전 교대로 들락날락.”

“대체 무슨 짓을 하길래?”

“자세히는 모르겠는데, 아빠는 뭐라더라 무슨 도박장 하우스 같은 거 하다 걸렸다 그러고 삼촌은 조폭이라던데? 그러니 할머니 혼자 애 셋 키우는 거나 다름없지 뭐야. 아이고, 자식이 뭔지. 우리 집 애들 공부 못한다고 뭐라고 하지 말아야지. 사고 안 치는 것만 해도 어디야?”

이런 이야기를 듣고 보니 걸핏하면 농담 반, 진담 반으로 예니한테 “넌 운이 좋은 거야. 이렇게 좋은 환경에서 태어났잖아?”라고 했던 말 이 얼마나 한심한 말인지 느낌이 확 왔다. 오히려 예니한테 내가 고마워해야 했다. 조원익 아버지나 삼촌 같은 자식도 있는데 말이다. 도대체 저런 자식들과 함께한 그 할머니의 한평생은 대체 무엇이란 말인가? 그리고 그런 곳에서 태어나 앞으로 어찌될지 모르는 원익이의 인생은 또 뭐란 말인가?

이런저런 사정을 알고 나니 더 이상 원익이를 모진 눈으로 보기 어려웠다. 그리고 그게 나의 가장 큰 실수였다. 녀석은 그런 눈빛의 변화를 귀신같이 알아챘다. 호시탐탐 그런 눈빛의 변화만 노리고 있었는지도 모른다. 초등학교 6년 내내 집에서는 기대하기 어려운 그런 눈빛을 갈망하고 있었는지도 모른다. 그래서 누구라도 조금의 호의만 보여 주면 초강력 전자석처럼 그대로 달려와 붙어 버리는 것이다.

녀석이 나를 찾아오는 횟수가 귀찮을 정도로 늘었다. 다행히 여자 가슴 만지는 이야기를 물어보러 오지는 않았다. 그건 그때뿐 잊어버린 모양이었다. 오히려 웹툰에 나오는 글자를 읽어 달라고 찾아오는 경우가 많았다. 중학생이 글자를 읽어 달라고 찾아온다고? 놀랍지만 사실이다.

"이것도 못 읽는다고 혼날까 봐요."

왜 국어 선생님이 아니라 나한테 물어보느냐고 했더니 이렇게 대답했다. 이 녀석에게 교사란 대답 못하면 야단치거나 점수나 깎는 어른이었던 것이다. 녀석에게도 자존심이 있었다. 하지만 초등학교에 들어갔을 때 한글을 못 읽는 아이는 녀석뿐이었다. 초등학교 들어갈 때까지 누구도 한글을 가르쳐 주지 않았다. 그래서 몰라도 아는 척하며 여기까지 온 것이다.

그런데 이 녀석이 웹툰 읽는 것을 보면 한글을 못 읽는다는 것을 도저히 믿을 수 없었다. 휙휙, 컷 넘기는 속도가 나보다 훨씬 빨랐다. 내용을 이해하고 있는 것으로 보아 그림만 보고 넘어가는 것도 아니었다. 읽어 보라고 시키면 제대로 소리 내어 읽기도 했다.

하지만 잘 읽다 말고 갑자기 몇몇 단어에서 멈추었다. 그러고는 사슴 눈을 뜨고 날 쳐다보았다.

"이거 뭐예요?"

대체로 낯선 외래어나 한자를 조합한 단어가 나오면 거기서 막혔다. 그런데 질문이 이상했다. "이거 뭐예요?"라니?

이게 뭐가 이상하냐고? 교직 경력이 없으면 이 미묘한 위화감을 느끼지 못할 것이다. 하지만 교직 경험이 있는 사람은 금방 느낄 수 있다. 대체 질문이 "이거 어떻게 읽어요?"도 아니고 "이게 무슨 뜻이에요?"도 아니고 "이거 뭐예요?"라니.

만약 글자를 읽을 줄 아는 녀석이라면 무슨 뜻인지 몰라도 읽을 수는 있을 것이다. 그래서 일단 글자를 소리 내어 읽은 뒤 뜻을 물어볼 것이다. 가령 "시뮬레이션이 무슨 뜻이에요?"라고 물어볼 것이다. 조금 덜 떨어진 녀석이라면 힘겹게 발음하며 "시, 뮬, 레, 이, 션이 뭐예요?" 하고 물어볼 것이다.

전교 꼴등을 밥 먹듯이 하는 학생이라도, 아니 개별학습반 학생이라도 아주 중증이 아닌 다음에야 단어 전체를 송두리째 가리키면서 "이거 뭐예요?" 하고 물어보지 않는다. 더군다나 방금 앞의 웹툰 컷들을 보기 좋게 읽다가 갑자기 막힌 부분에서 그런다는 게 더욱 이상했다. 앞에서는 술술 잘 읽다가 조금 어려운 단어가 나오면 뜻을 모르는 게 아니라 아예 읽지도 못한다?

이런 식으로 글자와 단어를 동시에 물어보는 건 30여 년 전 고속버스 터미널에서 "학생, 여기 이것은 뭐라고 써 놓은 것일까? 당최 까막눈이 되어서는 갑갑해 죽겠네" 하며 쪽지를 들이 밀었던 어느 70대 할머니한테 딱 한 번 들어봤다. 그러니까 자그마치 한 세기도 더 전에 태어난 분,

여자에게 글자를 가르치면 건방져진다고 믿던 시대에 태어난 분 이야기다. 노숙자도 폐휴지 속의 신문을 꺼내 읽는다는 나라의, 게다가 웹툰을 눈 깜짝할 사이에 몇 페이지씩 나도 미처 따라가지 못할 정도의 속도로 읽어 대던 중학생이 갑자기 몇몇 단어 앞에서만 100년 전에 태어난 할머니처럼 까막눈이 된다? 그러고 보니 PC방에서 남의 돈으로 오버로드 같은 게임을 마음껏 하는 것도 까막눈이면 불가능하다. 게임에 나오는 이런저런 지시를 읽을 수 없을 테니.

"아아, 어떻게 된 건지 알겠어요."

도저히 이해할 수 없는 이런 상황을 국어 선생님한테 물어보자 눈빛을 반짝이며 고개를 끄덕였다. 그리고 원익이를 테스트 할 방법 몇 가지를 알려 주었다. 국어 선생님이 직접 하고 싶어 했지만, 아무래도 라포가 형성된 사이인 내가 하는 게 나을 것 같았다.

다음 날 원익이가 또 웹툰을 들고 찾아왔다. 이번에 읽지 못한 단어는 '셧다운'이었다. 그 단어를 읽어 주고 뜻까지 가르쳐 준 뒤 준비한 테스트를 시작했다.

"너, 이거 한 번 읽어 볼래?"

"성수역이요."

"이건?"

"건대입구요. 그런데 왜 읽어 보라고 해요? 다 아는 건데?"

"아, 그냥. 게임이야. 내가 읽어 보라는 거 다 맞추면 조스 떡볶이 사 줄게."

"와, 진짜요?"

"그럼."

"네. 네. 다음 거요."

녀석은 미리부터 신이 났다. 하지만 바로 다음 과제에서 녀석은 순식간에 시무룩해졌다. 그리고 계속 머리를 긁적이며 이걸 뭐라고 말해야 하는지 머리를 쥐어짜고 있었다. 그러더니 자신감 없는 표정으로 미적미적 말했다.

"입, 대, 구, 건."

"맞았어. 잘하는데?"

"정말요?"

녀석의 얼굴이 다시 프리스비 놀이 하기 직전의 강아지 같은 모습으로 바뀌었다.

"자, 이제 마지막 문제다. 읽어 봐."

"이, 이건."

녀석의 얼굴이 아까보다 더 어두워졌다. 그리고 거의 5분 이상 머리를 긁고, 다리를 떨고, 주먹으로 책상을 톡톡 두드리며 글자를 골똘히 바라보았다.

녀석이 읽지 못했던 마지막 글자는 '겁댁이부'였다. '건대입구'에서 사용된 모음과 자음을 그대로 재조합해서 만든 것이다. 녀석은 음절만 앞뒤로 바꾼 '입대구건'은 어찌어찌 읽었지만, 모음과 자음을 해체하여 재조합한 글자는 읽지 못했다.

녀석은 한글을 읽지 못했다. 자주 듣는 말과 단어를 그 자체의 모양으로 읽을 수 있었을 뿐 글자를 읽은 것이 아니었다. 어째서 그런 소리가 조합되는지는 전혀 알지 못했다. 한마디로 녀석에게 한글은 표음문자가 아니라 상형문자였다. 그러니 녀석에게는 단어의 뜻을 모르는 것과 단어를 읽지 못하는 것이 동일한 현상이었다. 아는 단어는 읽을 수 있고, 모르는 단어는 읽지 못했다. 가령 어려운 단어가 나오면 뜻도 모르고 떠듬떠듬 읽은 뒤, "이노베이션? 이게 무슨 뜻이에요?" 하고 물어보는 게 아니라 '이노베이션'이라는 단어를 손가락으로 가리키며 "이게 뭐예요?" 하고 물어볼 수 밖에 없다는 뜻이다.

그리고 보니 이 녀석은 뭔가를 써서 제출하는 과제를 단 한 번도 내지 않았다. 게을러서도 선생을 무시해서도 아니었다. 읽는 것은 마치 단어 전체를 상형문자처럼 꾸역꾸역 읽을 수 있었지만 쓰자고 든다면 이건 너무도 시간이 많이 걸리는 그리기 작업이었던 것이다.

여기까지 생각이 이르니, 자전거 도둑을 찾은 것이 오히려 짐이 되었다. 도대체 이 녀석에게 어떻게 길가에 세워진 자전거를 필요할 때 타고 갔다가 집에 가는 길에 도로 갖다 놓는 것이 잘못인지 이해시킬 방법이 없었다.

"아, 예. 저 아침에 이야기 나누었던 OO중학교 선생입니다. 아, 예. 물론, 잘 있습니다. 저, 다름이 아니라, 자전거 가져간 녀석을 찾아서. 아, 예. 자전거랑 같이 데리고 가겠습니다."

어쨌든 일단 할머니에게 전화부터 했다. 그리고 원익이를 데려가서 자전거도 돌려드리고 잘못했다고 사과도 시킬 참이다. 조그맣고 귀여운 얼굴이라 아마 할머니는 쾌히 용서해 줄 것이고, 운이 좋으면 파전도 얻어먹을 것이다. 할머니가 안 주면 내가 사 줄 테니 어차피 원익이가 파전 얻어먹는 것은 기정사실이다.

하지만 그다음은? 아마 원익이는 그 자전거를 더 이상 타지 않을 것이다. 하지만 자전거는 어디에나 널려 있지 않은가? 게다가 원익이한테 필요한, 그러나 갖고 있지 않은 물건이 어디 자전거뿐일까? 아니, 그런 아이가 어디 원익이뿐일까? 다 정도 차이일 뿐이지. 한글을 읽을 줄 안다는 것 외에는 어차피 아무것도 모르기는 마찬가지인 아이들도 널리지 않았나?

"자전거 주인한테 가자."

"네? 주인 있는 거였어요?"

"그래. 학교에 찾아왔었다."

"네."

원익이가 풀 죽은 모습으로 자전거를 끌고 따라왔다. 아마 한 시간 뒤에는 자전거 멋대로 타다 주인한테 걸리고 사과한 건 잊어버리고 파전밖에 기억 못하겠지.

늦가을이라 벌써 해가 서쪽으로 많이 기울었다. 그림자가 길게 교문 앞에 드리웠다. 여기서 원익이 이야기를 마무리해야겠다. 아니, 뭐 이런 법이 다 있나 싶을 것이다. 하지만 정말 더 이상의 이야기가 없다. 나한테는 이런 아이를 끈기 있게 가르치고 이끌어서 세상을 알게 할 능력이 없다. 그래서 나한테는 흔히 TV나 영화에 자주 나오는 "선생님이 저를 사람으로 만들어 주셨어요" 따위의 눈물겨운 일화가 없다. 물론 나도 그런 일화 몇 개쯤은 만들고 싶었다. 선생이라면 누군들 그런 생각이 없을까? 하지만 28년이나 선생질 하고서 창작물과 현실이 다르다는 것만 깨달았을 뿐이다.

결론적으로 원익이는 자전거 도둑이 아니다. 하지만 언젠가는 자전거 도둑이 되고 말 것이다. 여전히 자기가 왜 도둑인지 알지 못하면서 말이다. 그게 현실이다.

마침 대입을 수능 정시로 하느니 학종 수시로 하느니 하며 논란이 한참이다. 지들끼리 마음껏 떠들라고 두자. 어차피 원익이, 그리고 원익이보다 좀 처지가 괜찮지만 오십보백보인 아이들에게는 아무 상관 없는 이야기다.

글쓴이의 말

여러분, 이거 다 거짓말인 거 아시죠?

소설을 쓰고 싶었습니다. 돌이켜 보면, 중학교 때부터 소설가가 되고 싶었습니다. 교사로 산 지난 28년은 전혀 아쉬울 것 없는 삶이었지만 단 한 가지 채워지지 않은 열망이 바로 소설이었습니다. 그럭저럭 20여 권의 책을 출간하게 되면서 그 열망은 더 강해졌습니다.

그래서 1년간 무급 휴직을 신청하는 결단을 내렸습니다. 도대체 소설이 뭐라고 수천만 원의 연봉을 포기하며 휴직까지 했을까 싶겠지만, 덕분에 이 책을 낼 수 있게 되었고 수천만 원이 아니라 수십억 원과도 바꿀 수 없는 행복을 얻었습니다. 마침내 제 오랜 꿈이 교직 생활을 얼마 남겨두지 않은 나이에 이르러서야 이루어졌으니까요.

탈고 후 왜 그토록 간절히 소설을 쓰고 싶었을까 곰곰 생각해 보았습니다. 진실을 외치고 싶은 갈망 때문은 아니었을까, 처음 소설가를 꿈꾸었던 중학교 때도 알아낸 진실을 세상에 드러내고 싶은 답답함이 소설을 쓰게 했으니까요.

'소설은 허구 아닌가? 진실을 드러내고 싶어 소설을 썼다고?' 물론 소설은 허구입니다. 한마디로 말하면 거짓말입니다. 하지만 그냥 거짓말이 아닙니다. 있을 법한 거짓말입니다. 우리 모두 허구임을 알지만, 아무리 봐도 정말 있었던 일처럼 느껴지는, 혹은 그런 상황이라면 얼마든지 그럴 수 있다고 느껴지는 그런 거짓말 말이죠.

대체 그런 거짓말이 왜 필요할까요? 그것은 바로 인간이라는 복잡한 존재들이 어울려 살아가는 이 세상에는 수많은 '진실'이 '사실' 뒤에 감추어져 있기 때문입니다. 열 길 물속보다 한 길 사람 속이 더 깊다는 속담도 있지 않습니까? 사람 사는 세상은 겉으로 드러난 사실만으로는 절대 이해할 수 없는 법입니다. 그리고 서로를 이해하는 마음이 부족한 사람들이 섞여 살아가면서 수많은 반목, 갈등, 오해가 일어납니다. 그렇다고 사람들에게 드러난 사실 말고 열 길 아래 마음을 끄집어내라고 강요할 수도 없습니다. 그것을 강요당하지 않을 양심의 자유가 헌법에 기본권으로 떡하니 자리 잡고 있으니 말입니다.

그래서 거짓말로 지어낸 그러나 실제로 있을 법한 그런 허구의 이야기가 필요합니다. 사실은 아니지만 진실을 담고 있는 이야기, 소설 말입니다. 소설 속의 인물들은 실제 인물이 아니기 때문에 작가는 그들에게 열 길 마음속의 진실을 끄집어내도록 추궁할 수 있습니다. 이 허구의 인물들이 드러내 보인 삶의 진실들을 접함으로써 현실 속의 인물들은 자신을, 서로를, 그리고 세상을 이해할 수 있게 됩니다. 그런 의미에서 소설을 쓴다는 것은 교육의 연장이라고 할 수 있습니다. 사실의 교육뿐 아니라 진실의 교육 말입니다.

이 책에 담긴 소설들은 학교를 배경으로 합니다. 물론 다 거짓말입니다. 저의 교직 경험이 어느 정도 씨앗을 제공하긴 했지만, 그 씨앗이 되는 사실 이면의 진실들은 다 있을 법한 거짓말들입니다. 저는 이 있을 법한 거짓말들을 통해 우리나라 교육의 진실, 사실 속에 은폐되어 있는 진실을 조금이라도 드러내 보이고 싶었습니다. 그리하여 학교 밖 사람들이 학교 안의 상황을 조금이라도 잘 이해할 수 있게 된다면 공교육을 놓고 벌어지는 수많은 오해와 반목 들이 해결되지 않을까 바랐습니다.

다 읽고 나니 어떤 느낌이 드셨나요? 저의 경험담처럼 느껴져, 저와 학생들의 사생활이 너무 많이 노출된 게 아닌가 조마조마했다면 저의 소설은 성공한 것입니다. 하지만 안심하세요. 이렇게 마무리할 거니까요.

"여러분, 이거 다 거짓말인 거 아시죠?"

2020년 봄
권재원

명진이의 수학여행

ⓒ 권재원, 2020

초판 1쇄 발행 2020년 5월 15일

지은이 권재원
펴낸이 김혜선 **펴낸곳** 서유재 **등록** 제2015-000217호
주소 (우)04091 서울 마포구 잔다리로7길 18(서교동 377-20) 501호
전화 070-5135-1866 **팩스** 0505-116-1866 **대표메일** outdoorlamp@hanmail.net
종이 엔페이퍼 **인쇄** 성광인쇄

ISBN 979-11-89034-30-6 03810

이 도서의 국립중앙도서관 출판예정도서목록(CIP)은
서지정보유통지원시스템 홈페이지(http://seoji.nl.go.kr)와
국가자료종합목록 구축시스템(http://kolis-net.nl.go.kr)에서 이용하실 수 있습니다.
(CIP제어번호: CIP2020015994)